El Panteón de Belén

Dentro de sus historias

David Eduardo Macías Torres

Copyright © 2022 David Eduardo Macías Torres

Todos los derechos reservados.

DEDICATORIA

Para mis padres Mónica y Pablo por siempre darme un buen ejemplo de cómo convertirme en un buen hombre, siempre dar lo mejor de mí y buscar mejorar en todo aspecto. Para mis hermanos por ser mi ejemplo a seguir, mis guías y mis motivaciones para superarme. Para mi Sofy por ser mi motor para emprender todos mis proyectos, motivarme a crecer y creer en mí, por apoyarme en todas mis fascetas, por siempre confiar en mis capacidades y mostrarme que puedo ser feliz.

Contenido

La historia vive en nuestros tiempos

Nace la Nueva Galicia

La antigua Guadalajara

El Panteón de Belén

Ecos astrales del pasado

El vecino maldito

El portón

La fosa común

El sexto piso

Enterrada viva

La sombra

Pancho y el rosario

El jinete cristero

El misterioso catrín

Susto de muerte

El empleado fantasma

El tesoro sin dueño

Heridas de la guerra

La tumba del Licenciado

El tesoro de Cípil

Vidas paralelas

El túnel

Los emparedados

Benefactores en vida y después de la muerte

La carroza fúnebre

Las lloronas

El árbol del ahorcado

El tesoro del pirata

La mortaja

El misterioso monje

Los trágicos amantes

El pasillo de los angelitos

Par de incrédulos

Sueños truncados

La enfermera en pena

Muertos con vida

El ánima de Colita

El cigarro de Arturo

Los ahorcados del huerto

Los sin nombre

Sin miedo a la muerte

Terrores nocturnos

Fobia a la oscuridad

Imágenes del más allá

El señor de los perros

Sustos en el hospital

¿Me puedes buscar?

Presente en su funeral

El enfermero

La muerte no es el final

La historia vive en nuestros tiempos

Una de las más grandes fascinaciones del hombre desde sus inicios ha sido saber si existe algo después de la muerte. La duda que nos genera el no conocer qué será de nosotros tras nuestra partida nos lleva irremediablemente a cuestionarnos sobre el propósito de la vida, nuestra existencia y la huella que dejaremos en éste mundo cuando llegue nuestro final.

El miedo a lo desconocido es una fuente inagotable de atracción y fascinación. La muerte es una acompañante eterna de todos los que hemos transitado por este mundo. La energía que dejamos durante nuestra existencia en lugares donde acontecen nuestras más impactantes vivencias es un testigo perpetuo de nuestro efímero paso por el mundo de los vivos. El conjuntar las tres cosas da como resultado una seducción innata a los cementerios y hospitales donde la vida y la muerte coexisten.

Escalofríos, sudoración y una serie de sensaciones que vivimos al ser espectadores de relatos que escapan de nuestro entender nos provocan la necesidad de seguir experimentando esta clase de acontecimientos. El miedo de no saber qué existe tras la muerte hace que nos volvamos adictos a los relatos de terror, sea por experiencias propias o por anécdotas de terceros, sea real o sea mentira, nos mantiene con a la expectativa de conservarnos a salvo de todo aquello que no conocemos y no controlamos.

La historia vive en nuestros tiempos y alrededor de nosotros. Por ello, durante las siguientes páginas seremos testigos de todas las peculiares situaciones que el Panteón de Belén tiene dentro de sus historias.

Nace la Nueva Galicia

Tras los sucesos acaecidos en la conquista del Imperio mexica en lo que hoy es la Ciudad de México, Hernán Cortés, hombre de armas responsable de someter a los mexicas del valle de México decidió enviar a sus lugartenientes camino al oeste en búsqueda de las rutas de minerales que a los purépechas del centro del país custodiaban celosamente, así como conseguir la ansiada ruta de comercio hacia la India.

Comenzando con las incursiones de Cristóbal de Olid en 1522 hacia Mazamitla, Juan Rodríguez de Villafuerte en 1523, Francisco Cortés de San Buenaventura y Alonso de Ávalos en 1524, una tras otra las expediciones españolas eran repelidas por los nativos de las regiones de lo que actualmente son los estados de Jalisco y Colima. Sin embargo, los europeos no cedían en su consigna de someter las nuevas tierras en búsqueda de riqueza y poder.

Es así que, en abril de 1528, un hombre de Guadalajara de Castilla se erguía como presidente de la recién instaurada Audiencia de México y con él venía un incomparable poder político sobre las tierras recién descubiertas. Es así que nace la leyenda del temido Nuño Beltrán de Guzmán.

Con la responsabilidad de gobernar a los habitantes de la Nueva España y con la rivalidad con Hernán Cortés a quien Felipe II, Rey de España le reclamaba plena obediencia a Nuño Beltrán de Guzmán, éste, al mando de trescientos españoles, ocho mil indios y 12 piezas de artillería, partió hacia las tierras del actual estado de Jalisco con la idea de instaurar una nueva provincia que rivalizara con los logros militares de Cortés a principios de la década, de esta manera nace la Nueva Galicia.

En el año de 1530, Nuño de Guzmán había logrado conquistar a los nativos y establecerse en Tonalá, villa que utilizó para organizar expediciones para extender sus dominios hasta lo que hoy se conoce como el estado de Sinaloa.

En esta extensión de territorio, los españoles fundaron las villas de San Miguel - Culiacán, Compostela y Guadalajara, mismas que fueron sumadas a sus dominios en la gobernación del Pánuco. Ya para 1531, la reina Isabel ordenó el cambio de nombre por el reino o provincia de la Nueva Galicia, con la encomienda de fundar su capital con el nombre de Santiago Galicia de Compostela, en lo que actualmente se localiza en el municipio del mismo nombre en el estado de Nayarit.

De esta forma, se lleva a cabo uno de los capítulos más tristes, poco explorados y grises de la historia de México, en donde se logró el exterminio de grandes poblaciones nativas, colapso demográfico y pérdida de vestigios culturales de suma importancia para la historia del occidente del país. Así, la provincia de la Nueva Galicia existió desde el siglo XVI hasta el siglo XVIII, contando con 22 alcaldías y 13 corregimientos dentro de lo que hoy son los estados de Aguascalientes, Durango, Jalisco, Nayarit, San Luis Potosí, Sinaloa y Zacatecas.

Cómo parte del crecimiento de la conquista española y con la idea de contar con un puesto de avanzada qué sirviera de enlace entre la ciudad de México y las conquistas más al norte del territorio, se decidió establecer la villa de Guadalajara, cuyo nombre viene del árabe y significa "Río que corre entre piedras", misma que se estableció en tres lugares distintos antes de encontrar su lugar actual, siendo su primer asentamiento el 5 de enero de 1532 en la Mesa del Cerro en Nochistlán, mejor conocida como San Juan, en Zacatecas, por el conquistador Juan de Oñate.

Dicha villa tomó el nombre de la cuna de nacimiento de Nuño Beltrán de Guzmán y fue fundada por 42 vecinos, quienes estaban decididos a defenderla de los indios bélicos de los alrededores.

Tras la expulsión de los españoles por parte de los zacatecos y caxcanes, la villa de Guadalajara es movida un año después a lo que hoy es Tonalá, lugar en la que fue defendida durante dos años, pero no por mucho tiempo, pues al paso de dos años la localidad fue movida a Ixtlahuacán del Río, antes Tlacotán, donde fue incluso más acechada por los indios de la zona.

Ya con una pacificación más prudente de la zona y tras la muerte de Pedro de Alvarado, el gobernador de la Nueva Galicia, Cristóbal de Oñate convocó a trasladar la villa al sur de la barranca, en el Valle de Atemajac, esto para evitar los constantes ataques de los indios por el norte y por el sur, contar con abastecimiento de agua y recursos naturales, una vista y posición privilegiada para defender la zona, además de proveer un paso más directo entre la Nueva España y la villa, para facilitar las incursiones hacía el norte y al océano pacífico.

Así, el 14 de febrero de 1524 durante una sesión de cabildo, doña Beatriz Hernández pronunció la frase: "El rey es mi gallo, yo soy de parecer qué nos pasemos al Valle de Atemajac y si otra cosa se hace será en deservicio de Dios y del rey, lo demás es mostrar cobardía. ¿Qué nos ha de hacer Guzmán pues él ha sido la causa de los trances en que ha andado esta villa?". De este modo, el gobernador ordenó el traslado de la villa en la que habitaban 63 peninsulares a las orillas del río San Juan de Dios.

La antigua Guadalajara

Ya entrado el siglo XVI, Carlos I de España concede a Guadalajara el título de ciudad, otorgando el escudo de armas el 18 de noviembre de 1539 y obteniendo el título de Capital de la Nueva Galicia en 1560, en detrimento de Tepic y Compostela.

Con su nueva categoría de ciudad y con un aumento de población y tránsito de mercancías en la Nueva Galicia, Guadalajara se convirtió en las siguientes décadas en un paso obligado de comerciantes que intercambiaban sus productos en la ruta de la plata que corría desde Santa Fe, Nuevo México hasta la ciudad de México y demás bienes desde el centro del país hacia las Filipinas por el puerto de Manzanillo. Esta actividad atrajo a numerosos peninsulares, filósofos, arquitectos y religiosos de todo el mundo, logrando un progresivo crecimiento de la población de Guadalajara, permitiendo que la ciudad mejorara su importancia como centro cultural, económico y político de entre todos los dominios españoles.

A su vez, las órdenes religiosas que tomaron como encomienda la evangelización de los pueblos indígenas de la Nueva España ocuparon a Guadalajara como el punto de partida para su misión en el occidente del actual México, destacando en sus labores las órdenes franciscana, agustina, dominica y jesuita, cuyas actividades perduran aún en las calles de la Guadalajara moderna.

Entrado el siglo XVIII, llega a la antigua Guadalajara un hombre con visión revolucionaria para la época, con la firme decisión de plasmar sus ideas progresistas en los habitantes de la ciudad, es así que a sus 70 años de edad arriba al territorio de la Nueva Galicia Fray Antonio Alcalde y Barriga como el XXII Obispo de la diócesis. Este hombre nacido en Valladolid tuvo la labor de incontables obras de mejoramiento de la ciudad, entre las que destacan la construcción del Santuario de Nuestra Señora de Guadalupe, la fundación de escuelas primarias, urbanización pensada en el crecimiento hacia el norte de la ciudad y la asistencia a los desamparados. Sin embargo, dos grandes obras destacan de entre todas, siendo estas la fundación de la Real Universidad de Guadalajara el 18 de noviembre de 1791 y la fundación del Hospital Real de San Miguel de Belén el 6 de marzo del mismo año.

Durante estos años, Guadalajara había enfrentado una amplia cantidad de epidemias y pestes, destacándose la "enfermedad del piojo verde", mejor conocida como epidemia de tifo exantemático, que azotó a toda la Nueva España durante la década de 1730 y cuya característica de transmisión era a través de piojos que brincaban de un cuerpo humano a otro. Años más tarde, en 1762, la viruela llega a Guadalajara, aunada a un nuevo brote de tifus al año siguiente, siendo exacerbados por una prolongada hambruna de más de 2 años, visiblemente por las altas temperaturas en verano y fríos inviernos, fuertes granizadas e insoportables heladas. 1786 fue conocido como "el año del hambre", pues infringió 2,414 muertes a una población de 24,000 habitantes.

Cabe destacar que, para mediados del siglo XVIII, Guadalajara únicamente contaba con dos hospitales, el de San Miguel de Belén y el de San Juan de Dios, mismos que se vieron rápidamente rebasados ante la gran cantidad de pacientes que atiborraban sus paredes, situación que propició que la alcaldía de la ciudad solicitara el uso de colegios y mesones como hospitales improvisados, que fueron atendidos por órdenes religiosas femeninas y masculinas.

Bajo estas penurias, Fray Antonio Alcalde presenta al Presidente de la Real Audiencia de Guadalajara un proyecto para la construcción de un hospital con mayor capacidad situado al norte de la ciudad para frenar la expansión de las enfermedades, a distancia de la ciudad y a contraviento, que contaría con un huerto, una capilla, así como un espacio exclusivo para alojar a los frailes que lo atenderían y su propio camposanto, para aliviar a los saturados panteones de la ciudad y de los templos. A pesar de la dantesca situación padecida por la ciudad, no se contaban con los fondos económicos suficientes para hacer frente al nuevo proyecto, por lo que Alcalde sugirió que se construyera el nuevo camposanto anexo al hospital, puesto que los fallecidos por las terribles enfermedades eran arrojados a fosas comunes alrededor del nosocomio o arrojados a la barranca de Belén.

Para la construcción del hospital se estimó que era necesario que se edificara a una distancia prudente de riachuelos y demás asegunes que pudieran perjudicar la salud pública, cuyos desechos fueran vertidos hacia la "gran barranca" de la ciudad, que hoy en día se conoce como "Barranca de Huentitán". Mientras tanto, para el cementerio se consideró necesario que estuviera a una altura significativa que coadyuvara a la ventilación del mismo, para evitar contagios de peste a los habitantes del barrio del Santuario y sus "Cuadritas".

Bajo esta lógica, se eligió el terreno propuesto por el oidor Manuel Silvestre Martínez, siendo aprobada la realización conjunta del hospital y del cementerio el 1 de marzo de 1787, brindando la administración del proyecto a los frailes hospitalarios de Nuestra Señora de Belén e inaugurando la obra el 3 de mayo de 1794. Lamentablemente, Fray Antonio Alcalde no ve concluida su obra, pues falleció el 7 de agosto de 1792, a los 91 años de edad.

Malos manejos administrativos y un pésimo trato a la ejecución de la obra evitaron que se concluyera el proyecto, pues, si bien el hospital abrió sus puertas en 1794, el cementerio, cuyo primer nombre dado por los religiosos betlemitas fue "Camposanto de la convalecencia", no fue terminado. Allí, los desamparados que perdían la vida en el nosocomio recién inaugurado y que eran incapaces de pagar sus gastos funerarios eran sepultados en el "patio de los pobres", cuyo recinto es ocupado actualmente por la torre de especialidades del Hospital Civil viejo de Guadalajara, a espaldas del Antiguo Hospital Real de San Miguel de Belén.

La idea del panteón fue abandonada durante décadas, pero fue retomada hasta 1830, cuando la ciudad debió enfrentar una nueva epidemia de viruela que causó la muerte de más de 2,000 tapatíos ese mismo año. Por ello, en 1836, el obispo Diego Aranda y Carpinteiro (responsable de la construcción de las actuales torres de la Catedral de Guadalajara), encomendó la tarea de la construcción de un nuevo camposanto al arquitecto Manuel Gómez Ibarra, ahora planeado sobre el terreno de la antigua huerta del hospital, comenzando con la construcción del mismo en julio de 1843.

El Panteón de Belén

Para la construcción del cementerio de arquitectura jónica, se seleccionó una forma de cuadrilongo de 130 metros de ancho y 350 de largo, con una capilla central y dividido en dos patios; el primero de ellos con una superficie de 180 metros cuadrados que ocupa la zona poniente, con dos corredores de 50 arcos cada uno, y con 15 y 18 gavetas en cada arco, respectivamente. En su patio se contempló la construcción de monumentos mortuorios para particulares que pudieran comprar sus espacios, así como 2,724 sepulturas de pavimento. Mientras que el segundo fue considerado para contener la fosa común de los desdichados que perdían la vida en el Hospital de San Miguel y otros pobres del norte de la ciudad que no pudieran costearse sus gastos funerarios.

El ingeniero Mariano de la Bárcena narró en sus escritos que los gastos por sepultura se pagaban por cinco años y sus costos eran de 25 pesos por gavetas, en capilla o gavetas en el sarcófago 100 pesos, 5 pesos en el primer patio, 2 pesos por ocupar un lugar distinguido en el segundo patio y 50 centavos en la fosa común.

El primer inquilino del nuevo cementerio fue el señor Isidoro Gómez Tortolero, quien fue cura de Tala, Jalisco y cuyo cuerpo fue exhumado y trasladado al Panteón de Belén en diciembre de 1844.

A pesar de convertirse en un ícono de la ciudad por su extrema belleza, el Panteón de Belén sólo se encontró en funcionamiento durante medio siglo, pues este debió cerrar sus puertas el 29 de octubre de 1896, debido a que se consideró por las autoridades de la ciudad que se encontraba saturado en cuerpos y gérmenes. No obstante, las familias que contaban con una propiedad pudieron seguir realizando los entierros correspondientes a sus familiares. De esta forma, la tumba más reciente en el patio pertenece a Manuel de Luna Ochoa, finado el 14 de noviembre de 1974. Mientras tanto, la última persona en ser enterrada en el cementerio corresponde a la señora Elia Silvia Rodríguez, quien partió de este mundo el 27 de julio de 1978 y cuyo cuerpo se encuentra en el mausoleo de la familia Santos Ortega.

Al día de hoy, sólo se conserva el espacio conocido como "primer patio", pues los remanentes del segundo, que pertenecían a la fosa común conocido como "el patio de los pobres" y donde se sepultó a miles de personas desamparadas, fueron utilizados para dar paso a la unidad deportiva Dr. Luis Velez en 1967, debido a que no se encontraron restos ni tumbas reconocibles o alguien que reclamara la propiedad de la tierra, misma unidad que a la vez dio paso a la torre de especialidades del Hospital Civil viejo.

Cabe destacar que, a pesar de ser conocido en la actualidad como Panteón de Belén, este cementerio fue bautizado con el nombre de panteón de Nuestra Señora de Guadalupe, pero después se le impuso el nombre de Santa Paula (cuya arquitectura es similar a su homónima en la ciudad de México) y terminó con el nombre de Belén, en honor a la orden de los Betlemitas, quienes administraron el cementerio y el nosocomio durante sus primeros años.

En el centro del cementerio yace una capilla piramidal de 40 metros de alto, misma que fue utilizada en su parte inferior como una rotonda para los hombres ilustres de la época o quienes pudieran pagar su descanso eterno dentro de la misma. Aquí se construyeron 64 gavetas que almacenaron los cuerpos de próceres del estado de Jalisco, como lo son Ramón Corona, Severo Díaz, Enrique Díaz de León, Manuel M. Diéguez, Jacobo Gálvez y Manuel López Cotilla, quienes fueron posteriormente trasladados a la rotonda de los Jaliscienses ilustres, construida en 1947 para los hijos notables del estado.

Además, el camposanto cuenta entre sus personajes sobresalientes a Esteban Alatorre, Joaquín Angulo, Fortunato Arce, Jesús Camarena,

José Justo Corro, Juan N. Cumplido, Gregorio Dávila, Aurelio L. Gallardo, Pedro A. Galván, Manuel Gómez Ibarra, Epigmenio González, Alfonso Gutiérrez Hermosillo, Ignacio Herrera y Cairo, Josefa Letechipía Cuéllar de González, José Silverio Núñez, Aurelio Ortega, Alfredo R. Plascencia, Dionisio Rodríguez, José Rolón Alcaraz, entre otros.

El Panteón de Belén no ha perdido vigencia y es considerado un lugar de atracción para los visitantes de la bella Guadalajara, abriendo sus puertas a los visitantes en 1996 tras una restauración y protección a su arquitectura, siendo convertido en un museo el 1 de enero de 2010 y protegido por el Instituto Nacional de Antropología e Historia por su riqueza arquitectónica. Los paseantes pueden disfrutar de escuchar su historia y leyendas por parte de los historiadores que guían los recorridos dentro de sus paredes, participar de eventos y exposiciones frecuentes durante ciertas temporadas del año y realizar sesiones fotográficas para celebraciones especiales.

No obstante, a pesar de contar con más de siglo y medio de antigüedad y haber cerrado sus puertas como cementerio hace más de 100 años, el Panteón de Belén sigue remontándonos a aquellas épocas coloniales y del México independiente, nos traslada a soñar con las historias de todos aquellos que vivieron y murieron en un tiempo distinto al nuestro. Cada tumba guarda una leyenda y la belleza arquitectónica del lugar nos invita a realizar un viaje dentro de sus historias.

Ecos astrales del pasado

El Panteón de Belén tiene una fascinación innata que nos hace recordar el pasado y trasladarnos a las historias, anécdotas, alegrías, penas y vivencias de todos aquellos que habitaron en un tiempo antiguo. Sea por la necesidad de encontrar una razón de la existencia humana o por las energías de los seres vivos, éste camposanto tiene la particularidad de atrapar esencias de aquellos que yacen ahí enterrados. Sus angustias, sus pesares, incluso sus dolores son capaces de atravesar los siglos y hacerse presentes durante nuestra visita.

Muchos de los que pasean dentro de sus muros durante su visita narran sentirse en paz mientras recorren el cementerio. Otros, consideran que su estancia se vuelve lúgubre, perciben que entidades negativas buscan hacerles daño. Incluso hay quien experimenta sucesos extraños y paranormales después de su visita y dentro de sus domicilios, como si sus cuerpos funcionaran como un recipiente de traslado de energías oscuras para salir del tétrico lugar.

Se cree por parte de los parapsicólogos que los fantasmas existen en un plano intermedio entre nuestra dimensión y la otra vida. Ambas confluyen y se juntan en lugares de alta energía positiva o negativa, atrapándolos entre el mundo espiritual y nuestro mundo terrenal.

Esto ayuda a explicar el por qué los fantasmas llegan a manifestarse ocasionalmente, lo espeluznante es descubrir qué tipo de fantasma es el que busca tener contacto con los vivos, pues esto depende de la personalidad del ya difunto. Se considera que, si una persona fue de buen corazón y se encuentra atrapada entre los dos mundos por algún motivo no resuelto, su espíritu será un guardián o protector de alguien en particular, su familia o sus posesiones. Por el contrario, si la persona fue malévola, rencorosa y de mal corazón, su alma no alcanzó la redención y seguirá siéndolo por la eternidad, atormentando a todo aquel con quien su esencia se llegue a cruzar.

A su vez, si se pierde la vida por una enfermedad dolorosa o de manera súbita como un accidente o asesinato, el espíritu no tendrá conciencia de su partida del mundo terrenal y se atará al lugar más próximo de carga alta de energía que encuentre. Por ello, los cementerios son un faro que atrae a todo tipo de espíritus hacia su interior, pero no permite su salida a otros planos dimensionales si la energía no se encuentra lista para trascender. Por otro lado, las vibraciones de hechos violentos son tan poderosas que pueden permitir que los ecos astrales del pasado sean percibidos en tiempos futuros. De esta forma, se considera que las personas que perdieron la vida en hechos trágicamente dolorosos desprendieron tanta energía que la escena donde ocurrió se quedó congelada en nuestro mundo, sirviendo de puente entre nosotros y el terreno espiritual.

Por ello, los lugares de alta carga energética no deben de comprenderse de la misma forma en que los observamos en nuestra dimensión, debido a que en otros tiempos quizá no existían barreras físicas que sí se encuentran en nuestra época y las energías congelan ese instante de momentos intensos como si se tratara de fotografías, haciendo que los fantasmas vuelvan a estos lugares donde su carga energética fue intensa. Pero no todos los espíritus ni almas en pena tienen las mismas intenciones en su interacción con los vivos. Muchos visitantes al Panteón de Belén aseguran haber observado a seres que no pertenecen a este mundo ni a nuestra época en diferentes formas y situaciones.

Primeramente, se encuentran los fantasmas traslúcidos, cuya característica principal consiste en tener algún mensaje que transmitir para encontrar su descanso eterno y suelen asustar sin intención a la persona a la cual se acercan para pedir su ayuda. Usualmente visten ropas de épocas pasadas en las que vivieron y aparecen según la forma física de su muerte, pero usualmente no son visibles sus extremidades inferiores. Los fantasmas invisibles tienden a no presentarse físicamente, pero sí a interactuar por medio de extraños ruidos sin explicación, como voces tenues, distantes y rápidas, así como silbidos, golpes y demás formas en las que se comunican, aunque no necesariamente son de temer, pues no cuentan con la energía necesaria para materializarse y dañar a la persona, haciendo los encuentros rápidos y sin mayores abruptos.

En otra categoría se encuentran las sombras, que son espíritus con algún grado de maldad y se alimentan de los hombres y niños con estado energético bajo por el odio, la ira, la envidia y demás asegunes que dañan al alma. Es sabido que éste tipo de entes buscan lastimar a todo aquel con el que interactúen y su presencia es notoria porque tienden a hacer descender la temperatura súbitamente en un lugar específico. También, poseen la suficiente energía para interactuar con objetos sólidos y llegar a moverlos, lo que los vuelve capaces de dañar a sus víctimas, para atemorizarnos y nutrirse de sus emociones.

Se cree que se presentan cuando alguien se encuentra cerca de su hora de muerte, nutriéndose de su temor por lo desconocido o por la agonía de los enfermos asustándolos por su futura partida, de tal suerte que son usuales en hospitales y cementerios, siendo almas en pena que no pueden llegar a otros planos por su maldad y habitan en los confines de estos lugares de dolor, aprovechándose de los desfavorecidos al momento de su final.

Las más peligrosas son aquellas cuya presencia sea observable como la de cualquier hombre y cuya forma física haga prácticamente imposible distinguir a simple vista si interactuamos con una entidad desconocida o con una persona, puesto que puede que estemos tratando con algún fallecido con el alma tan marchita y podrida que tiene negado su acceso a otras dimensiones a consecuencia de todo el daño que causó en vida, o de algún demonio que aprovecha el puente entre la vida y la muerte que se forma en hospitales, templos y cementerios para traspasar a nuestro plano existencial y causar el mal. Este tipo de entidades son capaces de materializarse en diferentes formas, mover objetos, cambiar la temperatura, tocar a los vivos, introducirse a los sueños y adherirse a las personas a las que ha designado como sus víctimas y no descansarán hasta regresar al bajo astral llevándose consigo un alma.

Esta situación se agrava si son niños a los que observamos, pues se estima por los expertos de lo paranormal que la inocencia de los niños es tan pura que no pueden penar en este mundo por sus pecados. Por ello, si observamos alguna manifestación paranormal en forma de un infante, debemos correr, debido a que se trata de un ente de bajo astral que aprovecha la inocencia de los pequeños para desatar su maldad entre los vivos.

Durante nuestra visita al Panteón de Belén debemos ser precavidos y mantenernos atentos a nuestro alrededor, de forma que seamos capaces de identificar a todas aquellas entidades con las que interactuemos, si no queremos ser la siguiente alma a la que un ente de bajo astral se lleva a otro plano dimensional para aterrorizarla por toda la eternidad.

El vecino maldito

A mediados del siglo XIX, Guadalajara era una ciudad bullente, se había convertido en uno de los centros políticos y económicos más importantes del México independiente. Gracias a su privilegiada posición geográfica, la "perla de occidente" se destacó de entre todo el país como un punto central del desarrollo del naciente Estado, atrayendo a un sin número de visitantes de todos los rincones del mundo. Arquitectos, médicos, ingenieros, comerciantes, toda clase de personas con innumerables profesiones y oficios buscaban disfrutar de las mieles que ofrecía la pacífica y templada Guadalajara. De entre todos los extranjeros, uno se destacó del resto, jamás se ha conocido su nombre, pero sí su leyenda.

Todo inició en la década de 1880, cuando los vecinos del barrio de El Carrizal comenzaron a percatarse que sus animales desaparecían, siendo encontrados al salir el sol con extrañas marcas en sus cuellos y sin una sola gota de sangre. Tiesos y con un inmenso terror en sus ojos al momento de su muerte, los animales de granja fueron los primeros en ser las víctimas de tan terrible destino. Primeramente, la gente pensó que se trataba de alguna enfermedad entre los animales, como tantas que ocurrían en aquellos años. No obstante, no pasó mucho tiempo para que gatos y perros fuesen los siguientes en ser atacados por tan extraño ser.

Rápidamente, el rumor se expandió por toda la ciudad y el miedo se apoderó de los habitantes de Guadalajara. Los más jóvenes y aquellos que disfrutaban de la vida nocturna de la ciudad comenzaron a evitar salir de sus casas cuando el sol comenzaba a guardarse. Incluso los jefes de familia rehuían a la idea de asomarse por la ventana al comenzar la puesta de sol. La ciudad vivió un auto toque de queda a causa del pánico por convertirse en la siguiente víctima de lo desconocido. Las madres rezaban a Dios pidiendo que el ser de ultratumba que acechaba en las oscuridades de los callejones desapareciera, pero sus plegarias jamás fueron escuchadas.

Pronto, el extraño ser pasó de los animales a atacar a los infantes. Cadáveres de niños aparecían dentro de las casas con el mismo modo de perder la vida que los animales que eran víctimas de los ataques, todos con una misma característica presente en los cuerpos, pues dos orificios en el cuello yacían en todas las víctimas, aparentando haber muerto de una mordida en la yugular. Para los habitantes de Guadalajara, los hechos sólo apuntaban a una causa, un vampiro se encontraba entre los vecinos de la ciudad.

Al término de sus actividades, todos los tapatíos se encerraban en sus casas o permanecían durante la noche en el lugar donde se encontraban, ya que el temor de perecer en las garras del vampiro se había apoderado de la ciudad.

Los ataques continuaron por días hasta que los vecinos se cansaron de la situación y decidieron hacer algo al respecto. La primera idea que pasó por sus mentes fue que se debía de tratar de alguien recién llegado a la ciudad y cuyo pasado fuera desconocido por los habitantes de Guadalajara. Así, las sospechas recayeron en un hombre de origen europeo, elegante y de mirada enigmática, misterioso y reservado, bien parecido y de solvencia económica. Jamás se conocerá su nombre, pero la leyenda narra que los vecinos decidieron tenderle una trampa.

Se cuenta que una docena de valientes hombres aprovecharon la oscuridad de la noche y se escondieron en casas aledañas a los rumbos que el extranjero frecuentaba. Pasadas dos lunas, el misterioso personaje se encontraba caminando en la quietud de las desoladas calles tapatías, siendo interceptado por sus atacantes. El supuesto vampiro presentó una férrea resistencia a su destino, pero éste fue sometido por la multitud y arrinconado contra una pared.

La gente cansada de los ataques y agobiada por los problemas de la época descargó su furia contra aquel individuo, golpeando salvajemente al hombre hasta que desfalleció derrotado y sin conocimiento en el suelo. Se dice que, a consecuencia de los gritos del párroco de la zona, quien lo consideraba un vampiro, se trasladó a aquel hombre por las calles de la ciudad y los vecinos salían de sus casas para festejar que aquel quien les robó la tranquilidad finalmente había sido ajusticiado.

Cientos de personas se unieron a la muchedumbre que caminó hasta el Panteón de Belén para enterrarlo vivo y evitar que las penurias se repitieran en la ciudad. Al llegar al lugar seleccionado para depositar al inerte hombre, se colocó el cuerpo en una de las tumbas del cementerio y el párroco clavó una cruz de madera directamente en su corazón para matar al vampiro y evitar que su maldad acechara nuevamente a la ciudad.

Algunos narran que aquel misterioso hombre tuvo un último momento de lucidez y lanzó una maldición a todos los habitantes de Guadalajara, pues, si estos lo consideraban un vampiro, algún día regresaría para vengarse de todos aquellos que le arrebataron la vida.

Esta amenaza retumbó en los oídos de los tapatíos, los cuales se congregaron al día siguiente en el mismo punto donde fue arrojado el cuerpo del vampiro y colocaron una pesada losa sobre la tumba, deseando así jamás repetir los horrores de los oscuros días en los que el vampiro robó su sueño.

La sorpresa fue mayúscula al paso de los días, ya que la gente seguía realizando los entierros habituales del camposanto, hasta que alguien notó que un árbol de camichín nacía de la cruz de madera clavada en el corazón del vampiro.

No existen testimonios sobre si los ataques continuaron o cesaron tras el acontecer de los hechos, si los animales pudieron existir tranquilamente durante las noches, si las víctimas animales y humanas padecieron alguna enfermedad o si la gente agregó a los relatos toques fantásticos para dar explicación a la oleada de muertes que sucedían por la misma zona, lo que sí es claro es que poco a poco Guadalajara retomó su vida nocturna y la leyenda del vecino maldito fue transmitida de generación en generación, asombrando a propios y extraños cada vez que esta historia es contada durante las veladas de terror en cualquier lugar de Jalisco.

Ha pasado casi siglo y medio de aquellos eventos y el árbol aún se mantiene de pie sobre la ya estropeada tumba que se encuentra frente a los dormitorios del Hospital Civil viejo de Guadalajara. Sus ramas son imponentes y el soplar del viento entre sus hojas durante la noche revive el recuerdo y temor de verse sorprendido por un ente que no es de este mundo, para ser su nueva víctima.

Ahora bien, hay quienes aseguran que, al ser cortadas hojas o ramas del árbol, gotas de sangre provenientes de las víctimas del vampiro brotan, como recordatorio de los trágicos hechos de 1880. Por ello, autoridades municipales, con ayuda de la administración del panteón, mandaron colocar una reja alrededor del perímetro de la tumba, para evitar que curiosos lastimen al camichín.

Narra la leyenda que el día que el árbol caiga o que consuma por completo la tumba que yace debajo de él, el vampiro regresará del inframundo y cobrará venganza contra la sociedad tapatía, sociedad que le quitó la vida al europeo cuyo su único infortunio fue encontrarse en el lugar incorrecto, en el momento equivocado.

Para quien se atreva a visitar la tumba, se debe ingresar al panteón y caminar hacia su derecha, en dirección a la pared que une al cementerio con el Instituto Jalisciense de Ciencias Forenses. Al topar con la pared, debe girar hacia su izquierda y caminar entre las tumbas, pues ésta se encuentra a la mitad del patio del camposanto, frente a la pared de los dormitorios del Hospital Civil viejo de Guadalajara, en la parte más despoblada del mismo y yendo hacia la zona de la fosa común. A quien ose aventurarse a dicho sitio, se le recomienda presentar sus respetos ante el desconocido cuyo cuerpo permanece bajo ese árbol, para evitar que su furia recaiga sobre él y sus descendientes, una vez que la maldición vuelva a las calles de Guadalajara.

El portón

En el año de 1996, el Panteón de Belén abrió sus puertas a los visitantes curiosos por descubrir todas sus historias y leyendas, enamorarse de su arquitectura, disfrutar de un espacio de tranquilidad dentro de la urbe de Guadalajara, participar en los eventos culturales de toda índole o simplemente conocer un lugar enigmático dentro del centro tapatío.

De esta forma, la curiosidad por el cementerio fue creciendo por parte de los habitantes de la ciudad y de turistas nacionales e internacionales, pero hay quien afirma que las puertas del camposanto han estado abiertas desde mucho antes de su inauguración como museo.

Sin importar la edad, desde niños hasta adultos, al transitar en vehículo o a pie por la avenida Fray Antonio Alcalde o por las calles paralelas a la misma, Liceo, Pino Suárez y Belén, la mirada es dirigida directamente a la puerta del panteón, como si se tratara de un imán atrayendo a un metal. Hay quienes han afirmado que al recorrer la zona a altas horas de la noche y muchos años antes de abrir sus puertas como una atracción histórica, el portón del cementerio se encontraba ya abierto, ambas puertas sin nadie más alrededor. Podrá ser coincidencia, un efecto visual por la distancia, el anhelo inherente al ser humano por dar respuesta a la existencia en otro plano astral o simplemente que el personal que labora a altas horas de la noche dentro de sus instalaciones decidió mantener abierto el acceso para acceder fácilmente a cumplir con sus deberes, pero es un hecho que observar el portón abierto del Panteón de Belén es una invitación para ingresar a su interior.

No obstante, esta situación ha sido reportada en distintas ocasiones por personas sin ningún ánimo de lucro y con intachable reputación. Incluso, vecinos de la zona han mencionado en una amplia cantidad de ocasiones ruidos correspondientes a carrosas que transitaban por la calle de Belén y que se detenían justamente en la entrada del panteón, como si participaran de un cortejo fúnebre que culminaba en presentar el cuerpo en el portón cementerio. Los curiosos que han tenido la valentía de asomarse por la ventana, comentan que efectivamente, los portones de metal pesado del panteón se encontraban abiertos de par en par, pero no había nadie en la calle.

Entre los relatos de trabajadores del volante que transitan por el centro de la ciudad se narra que existe una mujer que solicita el servicio de los mismos en la puerta de la catedral de Guadalajara o por sus alrededores. Ésta mujer cubierta de pies a cabeza por telas negras y cabizbaja únicamente pide ser trasladada a la colonia El Retiro, donde se encuentra el cementerio de Belén. Los taxistas cuentan que la mujer no expresa palabra alguna, incluso aunque ellos busquen entablar alguna plática y solamente se limita a ver hacia abajo. También, aunque intenten observar el rostro de la mujer nunca es visible.

El breve trayecto concluye al dejar a la mujer en cualquier calle aledaña al panteón o en su entrada. Al llegar al lugar indicado, los taxistas voltean al asiento trasero para solicitar el pago de sus servicios, pero la sorpresa es mayúscula al percatarse que no se encuentra nadie.

Existe también un relato entre los amantes de las historias de miedo populares de la ciudad y es que en diversas épocas y al empezar a atardecer, mujeres jóvenes que frecuentan el jardín botánico cercano al Panteón de Belén o la zona de El Santuario se encuentran a un joven elegante, carismático y con vestimentas distintas a los tiempos modernos, de amplia educación y acaudalado, mismo que las invita a pasear por los alrededores para conocerse mejor. Durante el recorrido que inicia caminando hacia el norte, el hombre explica que es de un lugar lejano y que está interesado en encontrar a alguien con quien pueda compartir su tiempo y su fortuna, platica sobre el amplio poder con el que cuenta y se ofrece a resolver todos sus problemas.

Según narran, las jóvenes se encuentran tan inmersas en la conversación que no notan que van caminando junto al alto muro del Panteón de Belén. De pronto, el joven interrumpe la charla a la par que se detiene junto a la entrada al cementerio. Las mujeres entran en razón al notar que el portón se encuentra abierto, la luz del sol ha dado paso a la oscuridad de la noche y la luna permite observar a lo lejos la capilla del panteón. El viento comienza a resoplar y los árboles agitan temerosamente sus ramas, aquel personaje de estampa dibuja una sonrisa encantadora pero malévola en su rostro y extiende su mano en dirección a la joven para invitarla a ingresar al panteón.

Dicen que nadie ha tenido el valor de tomar la mano de éste y continuar el recorrido a pesar de la tentación de la promesa de riqueza, poder y aventuras que tendrían de aceptar la propuesta del personaje. Sin embargo, cuentan quienes han vivido la tétrica experiencia que la noche se vuelve más oscura y los sonidos se pierden, en ese momento sólo existe la desafortunada y el hombre, el terror se hace presente, la sangre se pone helada y la piel se enchina, los segundos son largos y las mujeres deciden dar un paso hacia atrás. Tras esto, el personaje comienza a caminar lentamente de espaldas hacia el interior del camposanto sin dejar de mantener su mano extendida y la misma sonrisa, ahora cambiando sus profundos ojos oscuros por un rojo intenso, pero sin despegar la mirada de la joven hasta perderse entre la oscuridad.

Al término del desafortunado evento, narran las mujeres que han padecido esta situación que el clima regresa a la normalidad, las hojas cesan su movimiento y la luz vuelve rápidamente. Es en este momento que se percatan que el portón se encuentra cerrado y no hay nadie alrededor, como si todo se hubiera tratado de una simple ilusión. Se debe tener cuidado al momento de caminar por los alrededores del Panteón de Belén si no se quiere ser un alma que acompañe al catrín del portón en la oscuridad eterna.

La fosa común

Uno de los rasgos más característicos del Panteón de Belén es su belleza arquitectónica. Este camposanto es una joya visual heredada por los tapatíos del siglo XIX para la posteridad a los vecinos de Guadalajara y turistas que recorren la ciudad. Sus lujosas tumbas de antaño y altas paredes parecen haber sido construidas exclusivamente para los más acaudalados de la ciudad, sin embargo, el sueño de Fray Antonio Alcalde era que este camposanto fuera un cementerio para la beneficencia, que diera entierro y consuelo a los más desfavorecidos de Guadalajara que sucumbían a causa de las enfermedades de la época, para aquellos que no podían pagar un entierro digno o a las personas que morían de una forma tan impura que no permitiera ser enterrados en cementerios católicos. Esto conllevaba a que, según la tradición de aquellos tiempos, que el alma del desafortunado vagara penando por el mundo hasta encontrar la luz.

Por ello, el panteón se encontraba dividido en dos amplias zonas. Mientras que, en la primera de ellas, cuyo acceso se encuentra por la calle de Belén, estaba destinada a aquellas personas que pudieran permitirse el entierro de sus seres queridos en el cementerio más lujoso de Guadalajara. La segunda zona estaba pensada para los desdichados que padecieran sus enfermedades sin alivio en el hospital de San Miguel de Belén y su acceso era por una puerta por el hospital. Ambas partes estaban divididas por una pared que fue sellada por ladrillos.

A pesar de esto, los terrenos de lo que hoy en día entendemos como el Panteón de Belén, el Hospital Civil viejo, la torre de especialidades, el jardín botánico y varias cuadras de la zona pertenecieron a tres distintas fosas comunes habilitadas durante las épocas de epidemias que azotaron a la ciudad. El primero de estos momentos fue en 1797, cuando la viruela se desató por la ciudad y consumió los cuerpos de incontables vecinos de Guadalajara. Narraciones de la época estiman entre 2,000 y 5,000 fallecidos durante la peste, para una población no mayor a los 30 mil habitantes.

La segunda de estas ocasiones ocurrió durante 1833. La gran cantidad de fallecimientos hicieron que los tapatíos apodaran al cementerio que ahí se construía como "el panteón de la capirotada", por la singular forma en la que los cuerpos debían ser amontonados en hileras y en grupos. Tras acomodar a una pila, se echaba cal para agilizar la descomposición de los cuerpos, método que era efectivo para disolver rápidamente las partes blandas como los cartílagos y la piel, pero no así de los huesos. Al término de la hilera y la cal, otro grupo de desafortunados era depositado sobre este, repitiendo el proceso cuantas veces fuera necesario para garantizar dar sepultura a todos aquellos fallecidos del hospital.

La última vez que el cementerio de Santa Paula fue habilitado como fosa común fue en 1850 para dar alivio a una epidemia de cólera.

Para este momento de la historia, ya habían sido depositados miles de restos humanos en el espacio destinado para la fosa, por lo que los restos más antiguos y que no hubieran logrado su descomposición total tuvieron que ser profanados para dar espacio a nuevos inquilinos.

El funcionamiento del panteón fue de 50 años, puesto que las autoridades municipales y del cementerio consideraban que se encontraba ya a una capacidad máxima y por la posible contaminación en el suelo por la cantidad de cadáveres en descomposición. A pesar de ello, el panteón nunca alcanzó su lleno total en el patio de los ricos. Aún hoy en día, existen espacios que pudieron haberse destinado para el entierro de cuerpos dentro de lo que todavía sobrevive como museo.

El máximo sobrecupo del cementerio se debió a la cantidad de cuerpos que fueron arrojados a la fosa común. No existen cifras reales ni consensos sobre el total de almas que ahí descansan. Los números más conservadores arrojan un mínimo de 2,000 personas que estuvieron depositadas en la fosa, otras fuentes señalan más de 10,000.

De esta forma, miles de cadáveres fueron expuestos y apilados para escarbar aún más profundo en la tierra y dar espacio suficiente para nuevos cuerpos. Cientos de miles de huesos fueron extraídos, no todos fueron colocados en espacios dignos de sepultura, mezclándose con los trabajos de excavación que ahí se realizaron.

Con el paso del tiempo y tras la clausura del camposanto, las autoridades municipales decidieron dar apertura a nuevos proyectos para retomar los espacios céntricos no utilizados y devolverlos a los tapatíos. Así, se tomó la parte trasera del cementerio que fungió durante 100 años como fosa común como el terreno ideal para construir la unidad deportiva Dr. Luis Velez.

Este centro deportivo tenía la finalidad de entregar opciones de esparcimiento y recreación a los habitantes de la zona y a deportistas de alto rendimiento de la ciudad. Estas actividades lúdicas simples y que debían dar felicidad terminaron convirtiéndose en anécdotas de terror para los jóvenes que frecuentaban el área para hacer ejercicio. Desde escuchar pasos y voces extrañas llamando desde los corredores, espectadores sombra en las canchas de fútbol, ser testigos de gritos desgarradores, hasta sentir presencias, observar objetos inanimados moverse y contactos físicos en los vestidores, son algunas de las anécdotas que la gente de la época narró a sus familiares y amigos para contar las historias que todos ellos vivieron al hacer uso de los espacios donde miles de huesos jamás fueron vueltos a depositar.

Incluso, personal que trabajó en años pasados y actualmente lo hace como guías del recorrido turístico del Panteón de Belén, platican curiosas anécdotas sin explicación de los desdichados que tuvieron la mala fortuna de incomodar a algún ex inquilino de la fosa común al practicar deporte sobre sus restos. Los encuentros paranormales fueron comunes, incluso se habla que la gente que frecuentaba la unidad se había acostumbrado a ser testigo de las manifestaciones paranormales, a diferencia de aquellos que no la utilizaban habitualmente.

En 1967, se tomó la decisión de clausurar la unidad y dar paso a la torre de especialidades del Hospital Civil viejo de Guadalajara, espacio donde los enfermos modernos buscan alivio a sus enfermedades en manos de personal de la salud capacitado en áreas muy específicas de la medicina, en cuya obra se encuentra el alivio de las penurias que en antaño causaron muerte y desolación a la sociedad tapatía.

Quien decida visitar la antigua zona que aún existe de la fosa común, únicamente debe caminar en línea recta tras ingresar al panteón y, al pasar la capilla del cementerio, encontrará frente a él una zona despoblada de tumbas. Más al fondo de ahí, se observa una pared cubierta de ladrillos. Allí, estará parado sobre los restos de los miles de cuerpos que fueron enterrados bajo esa tierra. Quien camine por ahí debe ser cauteloso de sus pasos, a fin de molestar a las almas que yacen debajo de sus pies tras perder la vida ante dolorosas enfermedades de antaño.

El sexto piso

En los orígenes del proyecto de construcción del Hospital Real de San Miguel de Belén, la manzana que hoy comprende al Panteón de Belén, el Hospital Civil viejo de Guadalajara y la torre de especialidades se encontraban unidas en una misma propiedad y separadas del exterior por grandes y robustas bardas que evitaban que cualquier persona se colase para un sin fin de propósitos. Con el paso del tiempo y al cierre del camposanto como lugar de descanso para los difuntos, se decidió recuperar los espacios céntricos de la ciudad, con el objetivo de dar espacios de recreación a los vecinos de la zona.

Para ello, las autoridades de la ciudad tomaron la decisión de demoler lo que otrora fue la fosa común del Panteón de Belén a fin de dar paso a la unidad deportiva Dr. Luis Velez. Ésta área para la recreación estuvo en funcionamiento por 40 años, hasta que fue derrumbada para poner los cimientos de la torre de especialidades del Hospital Civil viejo en 1967 e inaugurada 10 años después.

Para la realización del proyecto se trató de remover en su totalidad la mayor parte de cuerpos y sus restos allí enterrados durante los casi 100 años de funcionamiento del camposanto y los miles más durante el siglo anterior en el que se usó el espacio para arrojar los cuerpos de los desfavorecidos, pero parece ser que no todas las ánimas pudieron encontrar un descanso eterno, plagando a la torre de especialidades de macabros sucesos que aterrorizan al personal que ahí desempeña sus labores, a los enfermos y a sus familiares.

Si bien se cuentan decenas de historias por parte de los trabajadores en todos los pisos del edificio, resalta uno en particular por su macabra atmósfera y lúgubre sensación de terror, siendo este el sexto piso. Sea por numerología, superstición o suerte, pero al llegar a la citada planta, la piel se estremece y los vellos del cuerpo se erizan, el corazón se acelera y la mente se agudiza por el miedo que se percibe en el aire.

Ya sea por el acceso a través de las escaleras o por el elevador, al poner un primer pie sobre el sexto piso, se percibe una atmósfera lúgubre y llena de desesperanza, la muerte ronda entre los pasillos. A pesar de ello, las personas que visitan el espacio y transitan por el corredor intentando dar con su destino se percatan que no se escuchan ruidos alrededor, ni siquiera el de máquinas, respiradores y todo aquel equipo electrónico que sirva para mantener con vida a sus pacientes y que el personal de la salud realice adecuadamente sus labores. Al notar este extraño suceso dentro de un hospital se hiela la sangre, el terror invade a los visitantes y buscan aproximarse a la salida más cercana.

Convencidos de que únicamente se trató de su imaginación, se consuelan en las palabras que puedan otorgarles aquellas personas que dedican su esfuerzo a dar salud a sus prójimos, lo que no imaginan es que este piso se encuentra completamente vacío por causa de las constantes manifestaciones paranormales que han ocurrido en sus pasillos a lo largo de los años. Un gran número de accidentes han tenido lugar en este espacio, las fallas de equipo son constantes, la luz eléctrica se pierde en el momento menos oportuno, incluso se han llegado a presentar inundaciones.

Las administraciones de la torre de especialidades han intentado reactivar en numerosas ocasiones el sexto piso para brindar otro espacio de atención a la salud, lo notable es que todos los esfuerzos han fracasado y al paso de los años, una y otra vez se debe clausurar este lugar.

A cualquier persona que realice una visita a la torre de especialidades, sea por sus deberes laborales o en la atención de algún familiar o amigo, e incluso en su búsqueda de recuperar la salud, se le recomienda no acudir solo y tener presente toda su fe en su creador, pues no sabemos en qué momento el sexto piso nos tendrá preparado un susto.

Enterrada viva

Corría el año de 1833 y la familia Hurtado se veía envuelta por la dicha y la felicidad por el nacimiento de una hija, a quien decidieron llamar Victoriana. La niña era la primogénita de una de las familias más acaudaladas de Guadalajara, por lo que las comodidades y los placeres siempre estuvieron al alcance de Victoriana.

La familia no pudo incrementar su número y la niña fue hija única. Victoriana vivía tranquilamente en la hacienda de sus padres, libre de preocupaciones ya que la fortuna familiar crecía día con día, parecía interminable y con ello, el progenitor de Victoriana se veía en la necesidad de encontrar un heredero de la inmensa riqueza familiar, alguien que la incrementara y pudiera acompañar a

Victoriana en su vida, puesto que la familia jamás contó con la dicha de procrear a otro varón o mujer.

Como era la costumbre de la época, la familia Hurtado buscó un buen prospecto para casar a su hija con un miembro de las familias de alcurnia de Guadalajara. Ninguno de los jóvenes llenaba los ojos de los padres y Victoriana no tenía derecho a opinar sobre su futuro esposo, pues en los tiempos de antaño se acostumbraba a que la hija fuera casada con un varón para cuidar los intereses de ambas familias. Así, un día se presentó ante los Hurtado un hombre elegante y que le llevaba a Victoriana la sorprendente edad de 23 años. Este sujeto de 37 años se presentó como un hombre de negocios del norte de México, que pretendía entablar relaciones comerciales en esta zona del país y que buscaba asentarse en Guadalajara para formar una familia.

A pesar de que Victoriana sólo contaba con 14 años de edad, fue comprometida con el sujeto para que ambas familias incrementaran su patrimonio y así aseguraran la estabilidad de los descendientes. De esta forma, Victoriana y éste hombre contrajeron nupcias, resultando del matrimonio tres hijos: Octavio, Alejandro y Javier.

Unos cuantos años después del nacimiento del tercer hijo, los padres de Victoriana mueren y ella queda como única heredera de los Hurtado. Poco tiempo después y sin necesidad de llevar más tiempo la mentira, el esposo de Victoriana revela su verdadera faceta, pues la había estado engañando a ella y a la familia sobre su proceder. La oportunidad no fue desaprovechada y el mísero hombre se dedicó a despilfarrar el dinero heredado por Victoriana en fiestas, borracheras, mujeres y en los placeres más banales imaginables.

Los hijos aprendieron del mal ejemplo que éste hombre, cuyo nombre ha sido olvidado por la historia por sus impertinencias, daba a los infantes, educándose en faltar al respeto a su propia madre y a que no existía ninguna consecuencia por la falta de trabajo, borracheras y despilfarros.

El tiempo no perdona y tampoco lo hace la fiesta en exceso, es así que pocos años después de la muerte de sus padres, Victoriana enviudó, pareciendo el fin de sus males, pero esto sólo estaba por empeorar. Narra el dicho: "cría cuervos y te sacarán los ojos" y justamente ese fue el camino que los tres jóvenes decidieron aprovechar esta vida a lo máximo, pues resultaron incluso peor que su padre. Se dedicaron a la fiesta, así como a humillar y golpear a su madre.

Debido a los tabús de la época, Victoriana era considerada una mujer que debía atender a sus hijos al haber enviudado. No obstante, los hijos derrochaban la fortuna que no les pertenecía, pero no podían despilfarrarla a sus anchas, pues aún estaba en manos de Victoriana.

Un día cualquiera Victoriana no se levantó de su sueño. Los hijos recibieron con júbilo el percatarse que la señora había fallecido, llamaron al médico de la hacienda para que éste corroborara su deceso. Sin embargo y ya en plenos preparativos para el sepelio,

Victoriana despertó de su sueño.

Los tres hijos extrañados y molestos desconocían que su madre padecía de muerte aparente, actualmente denominada catalepsia, una extraña enfermedad que hace que la persona que la sufre se encuentre inmóvil, como si su momento de partir hacia la eternidad hubiera llegado, sin signos vitales y sin un tiempo fijo para su reanimación. Ahora se sabe que éste estado varía en su intensidad, pues hay quienes lo sufren con un leve estado de conciencia, mientras que otros pueden escuchar, sentir y percibir perfectamente todo a su alrededor, recordando todo como si se encontraran lúcidos, pero sin poderse mover, siendo éste último el caso de Victoriana.

A lo largo de los años, Victoriana sufrió de ataques esporádicos y los hijos se frotaban las manos cada que esto sucedía. Su decepción venía cuando su madre despertaba de su letargo y ellos debían esperar a que su hora llegara. En una ocasión y en pleno velorio, Victoriana despertó de su sueño para sorpresa de varios y disgusto de sus hijos. Con el correr del tiempo, cada uno fue desarrollando un vicio en particular; Octavio, el mayor de los hermanos, se volvió adicto a los juegos de azar; Alejandro, sucumbía ante la compañía de damas de la vida galante y Javier se había vuelto más alcohólico que el propio padre.

Hartos de que Victoriana se despertara en cada ocasión que los tres hijos se convencían de que yacía muerta, planificaron que no esperarían a que el médico la revisara ni realizarían funeral alguno, aprovecharían la oportunidad para enterrarla como si estuviera muerta. Para desgracia de la señora, el 25 de agosto de 1894 sufrió un fuerte episodio de catalepsia y sus hijos la llevaron sin más a enterrar en el Panteón de Belén en la propiedad que previamente habían comprado, cavando con sus propias manos la tierra donde depositarían a su madre.

Así, en la madrugada del 26 de agosto, el velador escuchó gritos de horror provenientes de la parte suroeste del cementerio. Aterrado, el hombre salió corriendo, pensando que algún ánima vagaba furibunda por el lugar y buscando a quién asustar. Sin embargo, los gritos de una persona moribunda despertaron la curiosidad del velador, quien decidió ir en búsqueda de la fuente de los ruidos. A su sorpresa, se percató que los gritos que escuchaba provenían de la tumba de la persona que había sido depositada ese mismo día por sus hijos, la señora Victoriana Hurtado había sido enterrada viva. De forma inmediata, el velador comienza a rascar con sus manos la tierra para intentar removerla, pero era demasiado tarde, el aire se había terminado en el ataúd de su dueña.

Cuando el velador estaba por regresar la tierra a su lugar, un grito estruendoso provino de la tumba y de ésta salió una mano ensangrentada con un pergamino colgando de ella. En su final, la señora Victoriana alcanzó a dejar en este mundo su última voluntad y ésta era que a sus hijos no les correspondiera ni un sólo peso de su herencia, sino que ésta fuera destinada a la caridad.

El velador tomó el pergamino y se refugió en su cuarto, el cual funge ahora como las oficinas del panteón, esperando hasta que saliera el sol para contarle a sus superiores sobre la historia terrorífica que había vivido y sobre la última voluntad de la nueva residente del cementerio. Los administradores tomaron así el pergamino y lo llevaron con las autoridades correspondientes, evitando que Octavio, Alejandro y Javier pusieran un solo dedo en la fortuna que estaba por serles entregada, como castigo a su desmedida codicia.

Se dice que los tres hijos murieron jóvenes y en la pobreza extrema. Octavio encontró la muerte tras una pelea en una cantina de mala muerte de Guadalajara donde un cuchillo le fue enterrado en el corazón. Poco tiempo después, Alejandro lo acompañó en su destino tras morir por una herida de bala justo en el miocardio al ser descubierto por el esposo celoso de una de sus amantes. El último de ellos, Javier, falleció a causa de un paro cardiaco a consecuencia de las enfermedades ocasionadas por el alcoholismo. Los tres murieron con el corazón hecho pedazos, de la misma forma que rompieron el de su madre al enterrarla viva.

Quienes visiten el Panteón de Belén están obligados a dirigirse a la última morada de la señora Hurtado, que yace en el costado derecho del camposanto y deben no osar en tocar la mano que cuelga de la lápida, pues podrá jurar haber sentido la piel de Victoriana y la suya se estremecerá.

La sombra

El Panteón de Belén es un escape de una ciudad llena de vida enclaustrado en el corazón de la misma. A pesar de su ubicación céntrica, el cementerio otorga paz, quietud y tranquilidad a los visitantes del mismo, como si el pasado y el presente se fusionaran durante unos instantes, aparentando que la vida y la muerte se entrelazan una vez más dentro de sus paredes. Es por ello que hay quienes aseguran que sus inquilinos aún vagan por su interior, como si pasearan en su nueva casa, su lugar de residencia por más de cien años.

Numerosos relatos afirman fehacientemente que, ya sea de mañana o de noche, durante su recorrido sienten como si una extraña presencia los acechara o los acompañara, una extraña sombra que recorre los pasillos y las tumbas del cementerio. Curiosamente, algunos aseveran que esta sombra los asusta durante su recorrido, pues sienten un inmenso pavor antes de presenciarla. Por su parte, otros difieren y concuerdan que en realidad se trata de una presencia benigna que cuida de los visitantes durante su recorrido, protegiéndolos de los seres malignos que aún habitan el camposanto y librándolos de fechorías durante su visita.

En internet circulan imágenes de una tétrica sombra que vaga, como si se tratase de una mancha en la fotografía. Al verla, la sangre se hiela y el cuerpo se estremece, pues esa sombra no puede tener un significado benigno.

Cuentan quienes la han visto que, a pesar de lo silencioso del lugar, el sonido se esfuma totalmente y los sentidos se pierden. Quienes le temen han apreciado que todo se oscurece y los pasillos se vuelven eternos, el clima se enfría, el silencio se hace presente y los segundos se dilatan. En ese momento, incluso el más incrédulo se vuelve creyente y ruega a Dios por clemencia ante tal espectro, logrando así que la sombra continúe por su camino y ahuyentando a su visitante.

Por otro lado, quien la considera benigna siente que en realidad se vuelve un escudo contra las fuerzas malignas que pueden habitar dentro de las paredes del camposanto, pues esta repele a todas las entidades del bajo astral que pretenden dañar a los visitantes, para que estos se queden eternamente a acompañarlos. Sea maligna o benigna, la sombra del panteón estremece hasta al más valiente y sólo tu propia historia con ella será digna de un relato de terror.

Pancho y el rosario
Relato basado en la anécdota de "Gisela".

Corrían los primeros años del siglo XIX cuando una cuadrilla de trabajadores se encontraba dando mantenimiento al Hospital Civil viejo. Al cabo de las horas y al no concluir con su tarea, decidieron retirarse a descansar dentro del terreno del panteón. Era abril, temporada de cuaresma, la tradición dicta rezar el Santo Rosario para conseguir indulgencias.

Al comenzar a caer la noche, los trabajadores formaron una fogata en los espacios entre las tumbas para calentar sus alimentos e invitaron a su jefe, un tal Pancho a unirse a ellos.

El cansancio del día hizo que Pancho decidiera acampar lejos de la fogata, para no ser interrumpido por sus trabajadores, por ello, caminó hasta los portales del panteón para retirarse a dormir. Pasó un breve tiempo y Pancho estaba en un sueño ligero, cuando uno de sus trabajadores se acercó a éste para ofrecerle alimentos y para invitarlo a acompañarlos en su rezo.

- ¡No, no me molesten! - exclamó Pancho. - Estoy muy cansado y no me encuentro para esas boberías de cucarachas de templo.

Ante esto, el trabajador decidió irse para que Pancho conciliara el sueño. El jefe de la cuadrilla se arrulló en su gabán y se colocó el sombrero sobre su cara para impedir que la luz de la fogata lejana y las estrellas fastidiaran su descanso.

Las horas pasaron y los trabajadores realizaban sus rezos. La luz cada vez era más tenue, dando paso a la profunda oscuridad y quietud de la noche. Los murmullos de las oraciones eran cada vez más leves.

De pronto, pasos entre la hojarasca comenzaron a sonar en los alrededores de los portones, a la par que un leve frío abrazó al hombre. Pancho, inquieto, pensó que se trataba de alguno de sus subordinados, que lo invitaría a unirse a ellos. Él no se encontraba de humor para atenderlo, así que fingió encontrarse profundamente dormido para que no lo molestara. Sin embargo, las pisadas eran cada vez más cercanas, pero nunca llegaban.

La duda se apoderó de Pancho, así que decidió levantar ligeramente su sombrero para observar sus alrededores. El frío era cada vez más intenso, suceso extraño, ya que corría el mes de abril. Los sonidos se detuvieron cerca de él, al despojarse de su sombrero, Pancho notó que una bruma lo rodeaba.

Inmediatamente, Pancho dejó caer su sombrero y se incorporó, notó qué la fogata de sus hombres aún continuaba encendida, pues de observaba levemente a lo lejos. Giró a su alrededor y una tenue luz se acercaba lentamente a través de la bruma y desde la dirección opuesta a la de los hombres ya dormidos.

- ¿Quién está ahí? - Gritó Pancho asustado.

No hubo respuesta.

- ¿Quién vive? - preguntó nuevamente, llevando su mano hacía su revólver.

Nuevamente, nadie contestó el llamado.

La luz se detuvo a unos pocos metros de Pancho, la bruma era espesa y el frío intenso. El vaho de la respiración de Pancho se incorporaba a la neblina que lo rodeaba, la luz frente a él disminuyó.

- ¿Quién vive? O me lo cargo con la pistola. - Dijo el hombre con una voz temblorosa y quebradiza.

Las piernas le temblaban ante el temor a aquello desconocido. ¿Era un ladrón o era una bestia, era un alma en pena o era algún perdido? La duda vencía a Pancho y éste, hombre de carácter férreo, no iba a doblarse, accionando su pistola en una ocasión. Un gruñido se escuchó, pero no era un ruido producido por algún animal conocido, era un sonido sepulcral. Otro disparo y la luz se extinguió y con ella, se escuchó un estruendo, pues parecía que la criatura había caído entre las yerbas que crecían alrededor de las tumbas.

Tras unos segundos, la luz volvió a aparecer a la misma altura, parecía que miraba furibunda a Pancho. Por obra de la divinidad, los trabajadores de Pancho habían acudido a su encuentro al oír los gritos y disparos.

La luz emitió un último sonido y se retiró en dirección contraria a una velocidad impactante. Al irse del lugar, la temperatura volvió a la calidez de una noche tapatía de abril y, junto con ella, los trabajadores de Pancho cargando sus lámparas de aceite. La bruma había desaparecido y los extrañados sujetos preguntaron el porqué del terror en el semblante de Pancho.

El asustado hombre narró su encuentro con lo desconocido con voz quebrada y al ritmo de sus piernas temblorosas. Así, los acompañantes decidieron dar un vistazo entre las tumbas, para intentar localizar la fuente de esa extraña luz, pero los intentos fueron en vano.

En aquellos entonces, todavía existía la fosa común en el espacio de lo que hoy es la torre de especialidades del Hospital Civil viejo, sólo los verdaderamente valientes se atrevían a aventurarse en la zona durante la oscuridad y únicamente acompañados de su lámpara y la luz de la bóveda celeste.

El menor de edad de los hombres, ayudó a Pancho a llegar a la fogata ya casi extinta para que encontrara calma entre su cálida luz. El resto de los varones regresaron de su rondín intentando localizar la fuente del miedo de Pancho, pero éste, a la usanza de los machos de la época, se negaba a aceptar el terror que sentía por su tétrica experiencia. El joven colocó entonces en el cuello de Pancho un rosario bendito, mismo que, según las creencias del dueño, lo cuidaría de todo ser que quisiera dañarlo durante su estancia en el camposanto.

Desde entonces, no es que Pancho se haya vuelto un hombre de fe, pero éste jamás se quitó su reliquia ni tampoco se negó nunca al rezo del Rosario cuando lo invitaban.

El jinete cristero

Al término de la guerra civil mexicana, la sociedad del país quedó dividida. Profundos cambios económicos y políticos transformaron la realidad de todos los mexicanos, el poder cambió de manos. Las grandes haciendas desaparecieron para dar paso a los ejidos, a las otrora familias que poseían la mayor parte de las tierras en el país les fueron arrebatados sus latifundios para repartirlos entre los grupos vencedores de la guerra.

De esta forma, se generó un sentimiento de odio entre vencedores y vencidos, pues las viejas rencillas que se intentaron resolver mediante las armas no dejaron contentos a todos los grupos, en especial a los que fueron derrotados. Al promulgarse la constitución de 1917, la ley despojó de su personalidad jurídica a todos los cultos y privándolos de la posesión de bienes raíces, afectando de manera especial a la iglesia católica.

Aprovechando el respaldo de la constitución, muchos líderes guerrilleros de la guerra civil integraron en sus discursos un odio religioso por las ideas socialistas que se esparcían en México durante la segunda década del siglo XX. Bajo esta tónica, en 1925, el gobierno del entonces presidente Plutarco Elías Calles promovió la creación de la Iglesia Católica y Apostólica Mexicana, la cual desconocía la autoridad papal en Roma. También, diversas leyes estatales fueron promulgadas durante este tiempo, cuyas letras cimbraron las creencias religiosas de gran parte de los mexicanos. A su vez, en 1926, se promulgó la llamada Ley de Tolerancia de Cultos, también conocida como Ley Calles, en honor a éste y expedida el 14 de junio de ese año. Esta norma pretendía limitar el culto católico en el país.

Todo esto generó una gran división entre los mexicanos, las cicatrices de la revolución y de la guerra civil aún no terminaban de sanar. Así, bajo el clima de tensión y fragmentación, en 1927, la Liga para la Defensa de las Libertades Religiosas declara un levantamiento armado en enero, iniciando con la Guerra Cristera en Jalisco, movimiento que se extendió por todo el país, teniendo su mayor auge en el occidente de México.

Algunos de los antiguos hacendados tomaron las armas para defender sus ideas religiosas y para recuperar sus antiguas posesiones, así, gente con poder político y económico que podían costearse su equipo decidieron tomar partido de lado de los cristeros (término acuñado para referirse a aquellos que participaron en el levantamiento armado contra las fuerzas federales). Al grito de ¡Viva Cristo Rey! y ¡Viva Santa María de Guadalupe!, más de 50 mil combatientes se enfrentaron al ejército mexicano.

Las historias de colgados y ahorcados durante la revolución y la subsecuente guerra civil eran frecuentes en todas las ciudades. Caminos completos con tan horripilantes escenas dejaron marcados a todos aquellos que tuvieron que padecer esas penurias. Durante los tres años que duró el enfrentamiento armado, el terror de los colgados se volvió a vivir en Guadalajara. Los comandantes federales tomaban presos a los combatientes cristeros y los ahorcaban en grandes árboles a la vista de todos los ciudadanos, a manera de escarmiento para todo aquel que osara desafiar al gobierno federal.

Entre estos combatientes se encontraba un antiguo hacendado de la época de la porfirista, quien poseía un carácter férreo y de profundas creencias católicas, cuyas tierras yacían en la antigua villa de Zapopan, en lo que actualmente es la colonia El Vigía, en el centro del mencionado municipio. Aquel hombre de imponente presencia, poblado bigote y que solía vestir con ropas negras y de alta costura, usualmente cabalgaba por los alrededores del centro de la ciudad y era conocido como "El Jinete Cristero". Causaba impresión entre las damas, solteras y casadas, viudas y jóvenes, incluso hombres y niños lo admiraban por su imponente presencia.

Personas que vivían por el centro de la ciudad contaban que, tras cada una de sus aventuras, el jinete cristero recorría a toda velocidad las calles que van desde la catedral de Guadalajara hasta las inmediaciones del Panteón de Belén, en donde solía golpear con las herraduras de su caballo una gran roca que se encontraba en la actual calle Tenerías, al costado norte del camposanto y hacía relinchar a su caballo, como forma de indicar que había salido victorioso de sus batallas. Así, el héroe popular de aquellos ayeres anunciaba a sus seguidores que se encontraba bien.

La guerra seguía su curso y cada vez se intensificaba más. Así, las fuerzas federales estacionadas en la ciudad decidieron realizar una colgada masiva de cristeros en el antiguo camino real a Tlaquepaque, frente a la Basílica de Zapopan y en el Huerto del Hospital de San Miguel para asustar a los detractores al gobierno y, a cambio de salvar la vida, uno de los cristeros que se vio al borde de la muerte, se ofreció a hacer un trato con el comandante del regimiento. Este acuerdo se basaba en dar la ubicación y el nombre del jinete cristero a cambio de que los federales le perdonaran la vida. El comandante aceptó el trato y éste reveló la información. Como era de esperarse, el acuerdo no fue honrado por el militar y aquel hombre que delató al jinete fue ejecutado siendo colgado de un árbol por sus delitos contra el gobierno federal.

Los militares llegaron así hasta la propiedad del jinete disparando sus armas. Éste, al saberse rodeado, tomó su caballo y emprendió la huida hacia el oeste, intentando perder a sus perseguidores en los campos maiceros de Zapopan, pero fue encontrado y capturado, despojado de su animal y llevado al centro de la ciudad para pagar por sus crímenes. Se cuenta que, a forma de dar un precedente para todos los que quisieran unirse a los cristeros y para sus admiradores, el jinete fue llevado a rastras, humillado y maltratado hasta la piedra que solía azotar para indicar el éxito de sus misiones. Ahí y sin haber tenido un juicio previo, el comandante de las fuerzas federales ordenó que se le cortara la cabeza en la piedra para ser expuesta en el cuartel militar, su cuerpo mutilado y repartido por la ciudad y su familia despojada de sus bienes.

Los habitantes de Guadalajara resintieron la pérdida de su fallecido justiciero, la ciudad se sentía triste y vacía, pues el correr del caballo, al cual los tapatíos se habían acostumbrado durante las noches durante tres años, había partido.

La primera fase de la guerra terminó en 1929 y todo parecía haber vuelto a la normalidad durante algunos años, pero en 1934, el presidente Calles pronunció el discurso conocido como "El Grito de Guadalajara", las tensiones volvieron a surgir. La sorpresa fue mayúscula cuando el galope de un caballo a toda velocidad se escuchaba desde la Catedral de Guadalajara hasta la piedra junto al Panteón de Belén, como en los años anteriores. Los tapatíos pensaban que su héroe había vuelto de la muerte y la esperanza de un mejor porvenir regresaba a sus corazones.

Muchos se asomaban de su casa durante la noche al escuchar el galope pasar frente a sus casas como en los tiempos antiguos, para ver y vitorear a su héroe, pero la sorpresa era mayúscula al no ver nada, incluso al momento de golpear la piedra junto al cementerio o al oír el relincho del caballo. Noche tras noche, el ruido se repetía por la misma ruta, pero nadie lograba observar al jinete, ni siquiera al escuchar los golpes de la bestia contra la roca.

Los años transcurrieron y en las siguientes décadas, el ruido del jinete se fue perdiendo entre los sonidos de la ciudad y ocasionalmente se llegaba a escuchar. A su vez, la historia del defensor de los cristeros se iba olvidando por parte de los tapatíos. Así, un vecino de la zona, cansado de escuchar los ruidos del jinete y de las carretas fantasmas del panteón, decidió mandar mover la pesada loza de su lugar, esperando que así su descanso nocturno no fuera perturbado otra vez por seres de otros tiempos. Sin embargo, para sorpresa de todos, la piedra apareció al día siguiente, pero esta vez con una mancha roja sobre ella, como si se tratara de sangre. Extrañado de la situación, el hombre decidió mover nuevamente la roca, pero el resultado fue el mismo, día tras día, la loza aparecía en el mismo lugar y en la misma posición, siempre manchada de rojo.

Finalmente, y para evitar que volviera a moverse, aquel vecino partió con sus propias herramientas la roca en miles de fragmentos, perdiéndose así entre los tapatíos la historia del jinete cristero, hombre de firme convicción que dio la vida defendiendo sus ideales religiosos.

Cuenta la leyenda que, el día que la sociedad tapatía más necesite de sus servicios para defenderse de las injusticias del gobierno, el jinete recorrerá a toda velocidad las calles de Guadalajara y hará relinchar a su caballo mientras golpea su roca, indicando así que su espíritu sigue presente para defender a los jaliscienses.

El misterioso catrín

Por más de 80 años, el Panteón de Belén no ha tenido velador, siendo el último de ellos Don Gabriel, personaje de avanzada edad que trabajó en el cementerio durante los años 40 del siglo pasado. El hombre gozaba de sus labores y realizaba cada una de sus tareas que debía ejercer durante la protección del día, pues este escondía en sus memorias un terrible secreto que le quitó la vida a su antecesor.

Durante los años 30 y ya con velorios poco frecuentes por la clausura del lugar como panteón, las autoridades municipales designaron a un velador para evitar que los ladrones se hicieran presentes dentro de los muros para saquear y vandalizar las propiedades, para extraer objetos valiosos dejados por los familiares de los sepultados o para realizar rituales al amparo de un lugar donde la vida se une con la muerte.

Aquel velador realizaba su última ronda antes de retirarse a descansar, pues es poco inteligente recorrer un cementerio plagado de leyendas a solas y durante la noche. Por ello, el velador evitaba a toda costa encontrarse en esta situación y prefería retirar a todos los visitantes a horas oportunas, para poder cerrar las puertas del cementerio y refugiarse de la noche en su morada, la cual es actualmente la oficina de administración del panteón.

Un día, el hombre se encontraba preparando todo para realizar su último rondín para aprovechar los últimos rayos de sol. Al encontrarse caminando por el panteón, observó a la distancia que un hombre de impresionante vestimenta negra salió del mausoleo de la familia Arévalo y se dirigió al centro del cementerio, subiendo las escaleras de la capilla central. El velador se dispuso rápidamente hacia este para retirarlo del camposanto, pues las horas de visitas ya habían terminado. Suponiendo que el personaje se había extraviado, el velador lo buscó por todos los rincones del panteón, rompiendo su regla de no adentrarse entre las tumbas sin la protección del sol, sin embargo, su búsqueda no rindió frutos y jamás lo encontró.

Los días pasaron y el velador se olvidó de dicha experiencia, hasta que una tarde y de manera similar, al encontrarse en su último rondín para retirar a los visitantes, el mismo personaje vestido de negro se volvió a hacer presente. El recorrido fue el mismo, ya que el hombre salía del mausoleo de la familia Arévalo y caminaba hasta el centro del cementerio, de nueva cuenta siendo seguido por el velador, quien no logró encontrarlo por ninguna parte del panteón.

Ante una segunda ocasión del avistamiento y sin malicia alguna, el velador se dispuso a esperarlo para cuando el personaje se volviera a hacer presente. A los pocos días y por tercera ocasión el misterioso sujeto volvió a aparecer y el velador puso en plan su marcha, aguardando afuera del mausoleo de la familia Arévalo, una de las más poderosas dinastías en la ciudad, de amplia riqueza y con fama de agresiva. Así, el velador se mantuvo afuera del mausoleo fumando su cigarro artesanal para calentarse del frío hasta que el personaje de presencia impresionante camino hasta la tumba, abrió la puerta del mausoleo y se introdujo en este. El vigilante se asomó a la propiedad dispuesto a reprender al extraño individuo por su insolencia de hacerlo realizar un recorrido nocturno, grave error que le costaría todo.

Al encontrarse fuera del mausoleo, el velador comenzó a reclamar al personaje, pero este lo ignoraba, nunca le dio la cara. Desesperado, el velador elevó la voz y tocó su hombro, haciendo que el hombre girara lentamente, revelando que se trataba de un catrín que, con una malévola sonrisa lo invitaba a introducirse también dentro de la propiedad.

El pánico invadió al velador, haciéndolo salir despavorido en dirección a su habitación donde se encerró con candado por dentro. Al día siguiente y al acudir los compañeros del panteón a sus deberes, escucharon los gritos estremecedores que provenían del interior del cuarto. Intentaron abrir la puerta sin éxito alguno. Así pasaron 3 días y 3 noches, hasta que las autoridades del panteón ordenaron tirar la puerta para que la familia del velador pudiera entrar. Al lograr su cometido, los presentes encontraron una escena dantesca, pues el velador se había sacado los ojos con sus propias manos, gritando que habían visto la cara del mismísimo demonio y se había arrancado la piel en su desespero.

Con la ayuda de muchos hombres, el velador fue sometido y llevado al Hospital Civil para ser atendido, perdiendo la vida a la sexta noche por las heridas auto infligidas. Así, Don Gabriel narraba que el velador anterior había encontrado la muerte de una forma terrible dentro de las paredes del camposanto, habiendo visto al demonio cara a cara. Por eso, evitaba a toda costa encontrarse dentro del panteón a altas horas de la noche. Esta historia no termina ahí, pues se cree que el catrín buscaba un alma para reclamar, pues un pacto no había sido honrado.

Al correr los años 20 del siglo XX, un joven perteneciente a la familia Arévalo, que disfrutaba de frecuentar las cantinas de mala muerte por su adicción a las apuestas había arriesgado en el juego las escrituras de las propiedades familiares y las había perdido. El joven aterrado ante lo que su padre le haría al enterarse, pidió ayuda a todos los seres de otras dimensiones, siendo respondido el llamado por un ser con el cual no hay que realizar trato alguno y jamás invocar. Una luz enceguecedora se hizo presente en la habitación del joven, diciéndole con voz cavernosa que no volteara, pues se trataba del mismísimo demonio y podría asustarse.

El espantado muchacho hizo caso de la advertencia. Satanás en persona ofreció su ayuda para recuperar sus pertenencias a cambio de una sencilla cosa: su alma, que le pertenecería al demonio en el momento en el que él así lo dispusiera. Se narra que el integrante de los Arévalo sucumbió ante la desesperación y el terror, aceptando el trato. El demonio honró su trato y le fueron entregadas las escrituras de sus propiedades en sus manos.

Días después y sin haber aprendido su lección, el muchacho regresó a la vida ludópata y volvió a apostar lo que no tenía, haciendo trampa en su juego. Se dice que su contrincante se percató de la artimaña y sin mediar palabra, sacó su revólver y le disparó directamente en el corazón, matándolo inmediatamente, tan rápido que ni al mismo demonio le dio oportunidad de acudir para reclamar su alma. Se cree que aquel catrín que frecuenta la tumba de la familia Arévalo vaga en búsqueda del alma que no pudo llevarse consigo. Cuidado al acudir al Panteón de Belén durante la noche y rondar el mausoleo de los Arévalo, pues el alma que el demonio busca puede ser la tuya.

Susto de muerte

A mediados de los años 40 del siglo pasado, los estudiantes de medicina que aprendían la disciplina comenzaron a realizar rituales de iniciación y a frecuentar el camposanto durante la noche como forma de demostrar su valía ante los demás. Aprovechando que el Hospital Civil viejo se encuentra a espaldas del camposanto y que los estudiantes tienen sus primeros encuentros con los pacientes dentro de este nosocomio, se empezaron a desarrollar apuestas entre los mismos alumnos para ingresar al panteón a deshoras.

Se cuenta que, como método de demostrar su valentía, los estudiantes deberían ingresar al Panteón de Belén a las 8 de la noche brincando la barda que une al cementerio con el hospital, a esa hora exacta, pues se cree que las almas que habitan este lugar salen de sus tumbas a esa precisa hora para ahuyentar a curiosos y extraños que puedan perturbar su descanso eterno.

Deseoso de mostrar su valor ante los compañeros, un joven estudiante de medicina se armó de valor y brincó la barda, acompañado únicamente de su capa y su sombrero, como era la costumbre de la época, así como un gran clavo que le fue entregado por sus compañeros como prueba de su apuesta, pidiendo 15 minutos para cumplir con su cometido, pues debía colocar un clavo al final del pasillo que conectaba la torre de especialidades con el camposanto, atravesando así por todo el cementerio por medio de la antigua fosa común.

A pesar del miedo ante lo desconocido, pero envalentonado por la apuesta, el estudiante deambuló entre las tumbas buscando el lugar exacto para dejar la muestra de su hombría. Caminó durante minutos en medio de la oscuridad hasta llegar al lugar indicado, tomó un gran clavo que llevaba consigo y recogió una piedra de las que se encontraban sueltas a raíz del deterioro en las tumbas. Comenzó a clavar el clavo profundamente en la pared, para no dejar dudas de que había cumplido con su cometido.

Al terminar su cometido, el joven se giró para regresar junto a sus compañeros, pero su propósito era interrumpido, pues algo espeluznante estaba por sucederle, ya que sintió una fría y pálida mano que lo sujetaba por el hombro. Los gritos desgarradores del estudiante fueron escuchados por sus compañeros, quienes, extrañados por el paso del tiempo, saltaron la barda para ir en búsqueda de su amigo. Sintiendo el terror de haber sido atrapado por un espectro molesto por atreverse a interrumpir su descanso, el joven cayó desvanecido.

Los amigos siguieron el probable rastro de su compañero pensando que quizá había caído en alguna tumba abierta o que quizás se había lastimado, pero, al cabo de los minutos, finalmente dieron con él en el lugar designado para colocar el clavo. Al encontrarlo, lo intentaron reanimar para que saliera caminando junto con ellos, pero sus intentos eran en vano, así que decidieron cargarlo para retirarlo cargando. Sin embargo, al levantarlo y querer andar, sintieron que algo lo estaba sujetando. Fue tal impresión, que varios de los estudiantes salieron despavoridos, pensando que algún espectro se encontraba molesto con ellos y evitaba que pudieran llevarse a su compañero caído. Los que se quedaron, intentaron sacarlo a tirones, hasta que notaron que la capa del joven se había atorado con el mismo clavo que él había puesto en la pared.

Los estudiantes retiraron la capa de su compañero y emprendieron la huida hacia el Hospital Civil para buscar auxilio. Se cuenta que el joven fue atendido en el nosocomio durante siete días, pero al despertar, él se había vuelto completamente loco.

El haber decidido jugar con lo desconocido fue lo que llevó al joven estudiante a perderlo todo. Por ello, todo aquel que decide visitar el Panteón de Belén debe siempre realizar una visita solemne respetando a los muertos, pues no se sabe en qué momento ellos decidirán jugarle una broma y provocarle un susto de muerte.

El empleado fantasma

El Panteón de Belén fue el camposanto de Guadalajara que albergó por igual a los hombres y mujeres de Guadalajara que compartieron la más grande miseria y las más acaudaladas fortunas por más de poco más de 50 años, siendo atendidos amablemente por el personal que trabajó arduamente dentro de sus paredes.

Cientos de personas dedicaron incontables horas de su vida para ofrecer a todos los visitantes, desde huéspedes hasta familiares, curiosos e historiadores el mejor de los tratos para que cada uno de ellos llevara siempre en sus corazones y en sus mentes un pequeño trozo del camposanto. Por ello, se cree que no todos los empleados del panteón pudieron partir al terminar su ciclo de trabajo en el camposanto.

Se cree que el ser humano deja tintes de su energía en todos los lugares donde descarga emociones fuertes, en especial en su hogar y en su trabajo. Por ello, va impregnando con su esencia los espacios donde vivió las sensaciones más importantes de su existencia. Siguiendo esta idea, al término de una vida, el ser humano regresa a aquellos lugares donde más energía suya dejó. Esta es la historia de don Rubén.

Se cuenta que el señor Rubén fue un sepulturero que trabajó por 20 años en el Panteón de Belén, enterrando cuerpo tras cuerpo durante la última etapa de funcionamiento del camposanto. Pasando de inhumar los restos de los hombres más ilustres que esta tierra haya conocido hasta los mendigos que perecieron en la más profunda miseria, don Rubén convivió con la muerte por años, dejando un poco de su alma en cada servicio que realizaba.

El paso del tiempo es inclemente y con los años, la jovialidad fue dando paso a las arrugas, el cabello de Rubén fue perdiéndose y encaneciendo, la sonrisa por su empleo fue cambiada por amargura por convivir día con día con la muerte, pues las lágrimas y llantos de los familiares de los difuntos fueron tomando poco a poco el espíritu del hombre. Incluso los fallecidos y enterrados en la fosa común dejaban una profunda huella en el corazón de Rubén, ya que el morir sin ningún ser amado es el peor de los destinos que puede padecer una persona.

El Panteón de Belén dejó de funcionar como lugar de entierros oficiales el 29 de octubre de 1896, abandonando en el desempleo a varios trabajadores, cuya vida era servir en su trabajo, entre ellos don Rubén, un hombre ya de avanzada edad, con habilidades reducidas por el paso de los años, quien había dedicado gran parte de su vida a su trabajo. El tiempo no perdona y los familiares del envejecido hombre notaron cómo el deseo por vivir se esfumaba cada vez más de Rubén por perder su empleo, al grado que enfermó y murió a los pocos años de haber sido despedido.

A pesar de haber servido por dos décadas en el panteón, no le fue entregado un espacio para descansar en paz dentro de su amado lugar de trabajo, teniendo que ser enterrado en el Panteón de Mezquitán, camposanto que aún en día funciona en Guadalajara. Se cuenta que el espíritu de don Rubén regresó al lugar donde fue feliz, al Panteón de Belén, atendiendo a uno que otro despistado que se encuentre en el lugar, aparentando que excava en la tierra para depositar cuerpos en lo que antes fue la fosa común, inspeccionando el estado de las criptas y las tumbas, orientando a los visitantes y recibiendo a alguno que otro curioso al lugar. El empleado fantasma puede ser visto por los visitantes al lugar, sin que estos se percaten que son atendidos por un espíritu que no pertenece a esta dimensión.

El tesoro sin dueño

El oro, el metal más preciado desde la antigüedad, símbolo de estatus, riqueza y poder, el objeto de deseo que vuelve locos a algunos. Este objeto dorado fue la causa de la perdición de un rico hacendado que vivió durante los últimos años del siglo XIX en Guadalajara. Su fortuna ganada a base de sudor y esfuerzo, era su mundo. Acumular riqueza y no gastarla era la afición del hombre, logrando así amasar una gran cantidad de dinero durante toda su vida.

Los impuestos eran el gran dolor de cabeza del protagonista de esta historia. ¿Cómo podía haber dedicado su vida al trabajo duro para que alguien decidiera quitarle su esfuerzo al inventarse cualquier ley? Este hacendado había nacido poco antes de 1850, época en la cual se instauraron durante un año absurdos impuestos por las ventanas, las puertas, los objetos de lujo como las carretas, incluso por perros y caballos, a manera de aumentar la recaudación fiscal del gobierno central para enfrentar los problemas sociales y militares del naciente estado mexicano.

El hacendado vivió esta situación durante sus primeros años, quedando traumado por la situación que vio enfrentar a sus padres y decidido a no compartir su riqueza con ningún burócrata. Por tanto, durante toda su vida inventó formas curiosas para escapar de su obligación tributaria.

Faltando pocos años para el cambio de siglo, el hombre se convenció de que era momento de retirarse del trabajo y disfrutar de su riqueza en lo que le quedaba de vida. Con el anuncio del cierre definitivo del Panteón de Belén, el hacendado decidió que utilizaría el lugar como una caja fuerte custodiada de fantasmas para su inmensa fortuna. Así, animado por su esposa, fingió haber contraído una extraña y mortal enfermedad, comprando una de las últimas propiedades en el Panteón de Belén, para ser enterrado su peso en oro en un ataúd sellado junto con joyas y las escrituras de sus propiedades. La treta incluía que él desapareciera por un tiempo para disfrutar de su fortuna sin tener que pagar ningún impuesto por su dinero.

Cuando todos los preparativos estuvieron listos, el hombre fingió su muerte. Su ataúd fue llevado hasta el Panteón de Belén y enterrado según sus instrucciones. La señal para saber dónde se encontraba sepultado su tesoro era el mausoleo sin nombre orientado hacia el norte, pues así, su viuda podría entrar a rezar al espíritu de su esposo y tomar monedas de oro sin necesidad de pagar por ellas a ninguna autoridad.

Se dice que las instrucciones de este hombre fueron seguidas al pie de la letra y su sepelio se llevó a cabo. Su viuda se retiró durante un par de años a la villa de Zapopan para únicamente administrar las propiedades de la familia mientras que el muerto viviente partió con rumbo al puerto de Manzanillo para zarpar al oriente del mundo. Los misterios de Asia maravillaron al protagonista, haciendo que decidiera extender su estancia en esta parte del mundo. Mientras tanto, en la primera década del nuevo siglo, las cosas se comenzaron a complicar políticamente en México y un estallido de las clases altas del país terminó derivando en una revolución contra el régimen de Porfirio Díaz. La viuda del hombre intentó contactar con él en numerosas ocasiones para que éste volviera y pudiera decidir qué hacer con sus propiedades, pues los revolucionarios tomaban entre sus posesiones cualquier finca que les pudiera ser de utilidad para sus fines, ya sea como cuartel, hospital o para albergar a los oficiales del ejército rebelde.

Finalmente, el ex hacendado en retiro tuvo noticias de su mujer desde Guadalajara. Al darse por enterado, tomó el primer barco de regreso a México para retomar sus antiguas ocupaciones, sólo para encontrar un país en estado de devastación, pues la revolución, la contrarrevolución y la posterior guerra civil habían hecho un caos en la nación.

Al llegar a Guadalajara, inmediatamente intentó localizar a su esposa en su antigua hacienda sin éxito, ya que, con la noticia de la inminente llegada del ejército del noroeste tras la toma de Tepic, muchas de las familias de la alta sociedad decidieron partir a otros lados junto con sus fortunas para evitar caer en manos de los rebeldes y ser castigados por no apoyar la causa. Así, el protagonista de esta historia se dirigió al Panteón de Belén para buscar parte de su dinero dentro del mausoleo sin nombre orientado hacia el norte. El cementerio se encontraba cerrado, debido a que ya no estaba dispuesto para alojar a más inquilinos, por tanto, el hombre saltó la barda para buscar su dinero. Al ingresar, la desesperación se hizo inmensa, pues, debido a la noticia de la clausura del camposanto, tuvo un efecto en la sociedad del occidente del país y los ricos de la zona aprovecharon para comprar las últimas propiedades, no respetando la orientación de las tumbas. Por esto, el hombre jamás pudo dar con su fortuna, a pesar de haber ingresado durante varias ocasiones para buscar su tesoro.

En una de estas veces que el desdichado brincó la barda del panteón, fue avistado por las tropas de Álvaro Obregón que habían tomado la ciudad durante julio de 1914, esperándolo afuera al confundirlo con un vulgar ladrón que buscaba robar los mausoleos de las familias que se encontraban ahí enterradas. Al salir, los "revolucionarios" arrestaron al antiguo acaudalado y fue llevado a un cuartel para ser sancionado por su crimen. Este, durante su interrogatorio - que más bien fue una tortura - confesó ser un ex hacendado y la historia de su partida.

Ante la oportunidad de repartirse un gran tesoro, los militares decidieron buscar por su cuenta la fortuna del prisionero, entrando un gran contingente de soldados en el camposanto y profanando las tumbas de los allí enterrados. Durante el tiempo que duró la ocupación de Guadalajara por parte de las fuerzas revolucionarias antes de partir hacia la Ciudad de México, los soldados ingresaban una y otra vez en el camposanto buscando el tesoro sin dueño, sin tener éxito en ninguna ocasión. En tanto al protagonista de la leyenda, se dice que los soldados le tuvieron clemencia y lo soltaron por su avanzada edad, dejándolo en la más profunda miseria por su codicia, sin volver a tener noticia de su esposa, quien probablemente se marchó de Guadalajara con una gran parte del dinero en compañía de otro hombre, pues su esposo la abandonó para realizar su viaje por Asia. El infortunado falleció poco tiempo después sin haber vuelto a ver un solo peso de su antigua fortuna.

Cuenta la leyenda que, quien entre más allá de las 8 de la noche, dé con el mausoleo exacto donde se supone debería haber estado enterrado el ex hacendado sin salir espantado por los fantasmas que ahí habitan y logre rezarle con fervor 3 padres nuestros con sus respectivas avemarías para que el ánima de este hombre encuentre el descanso eterno, le será heredada la riqueza y las propiedades que éste poseía en vida, pues con su muerte, logró entender por qué la codicia es un pecado capital.

Heridas de la guerra

La guerra civil en México estaba resquebrajando al país desde sus entrañas. Guadalajara, siendo la segunda ciudad más importante de la nación y con un camino directo hacia la capital era la joya de la corona que todo ejército deseaba tener en su posesión. Con la toma de Guadalajara por parte de Álvaro Obregón en 1914, la ciudad quedó en manos del ejército del noreste al mando de este general, siendo un punto fuerte para las expediciones hacia todo el occidente del país en búsqueda de tomar los últimos reductos del ejército federal de Victoriano Huerta.

El conflicto tenía a punta de lanza a todas las fuerzas militares del país, las cuales se organizaron militarmente contra un enemigo en común para sacarlo del poder y luego intentar tomarlo bajo sus propios intereses, dejando a todas las poblaciones en México a merced de los ejércitos de la zona. Las traiciones y cambios de lealtad eran comunes en todos los ejércitos revolucionarios.

Tras la convención de Aguascalientes que terminó el 9 de noviembre de 1914, en la que Venustiano Carranza buscó ser reconocido como el máximo jefe de las fuerzas revolucionarias, en perjuicio de Francisco Villa, los ejércitos que meses antes habían combatido hombro con hombro contra el ejército federal al mando de Victoriano Huerta, se enfrentaban una vez más en suelo que no tenía nada qué ver con sus disputas políticas y económicas. El 17 de diciembre de 1914, Francisco Villa, en calidad de comandante del ejército convencionalista, nombra como Gobernador interino de Jalisco al General Julián Medina, quien se dirige a apaciguar los levantamientos en poblaciones en el interior de Jalisco y relevar del mando de Guadalajara a las fuerzas de Álvaro Obregón, del bando carrancista. De esta forma, los fusilamientos y ahorcamientos eran habituales en Guadalajara, pues, ante la más mínima sospecha de ser partícipe o haber confabulado con cualquier otro grupo distinto al presente en ese momento en la ciudad, toda persona era ajusticiada sin previo juicio.

Las fuerzas villistas se presentaron en Guadalajara para tomar la ciudad al mando del General Medina. Del otro lado, la mayor parte de las fuerzas del General Manuel M. Dieguez se encontraban organizándose en Michoacán para combatir a sus nuevos enemigos villistas, por lo que la lucha armada llegó a las calles tapatías el 18 de enero de 1915, plaza de la que buscaban apoderarse Calixto Contreras y Julián Medina.

Venustiano Carranza, de corte socialista, tenía un marcado anticlericalismo. Como lo marcan las fuentes de la época, Manuel M. Dieguez, general carrancista, ocupó todos los templos de Guadalajara como bases militares. Como señala una fuente de la época, "la catedral fue hecha cuartel donde comían y pernoctaban las soldaderas. Los ornamentos sagrados se convirtieron en mantillas para los caballos y los pergaminos de los libros corales en tambores de tropa". La persecución política en contra de los religiosos en Guadalajara tuvo su punto culminante cuando todos los sacerdotes de la ciudad fueron arrestados y enviados a la penitenciaría de Escobedo, en lo que hoy es el parque de la revolución, en el centro de la ciudad.

Los enfrentamientos duraron días, dejando centenares de muertos y heridos, calles destrozadas, familias sin hogares y una sociedad sumamente lastimada por las heridas de la guerra. En uno de estos enfrentamientos en el centro de la ciudad entre carrancistas y villistas, los presbíteros David Galván y José María Araiza, siguiendo su vocación hacia la sociedad tapatía salieron a auxiliar a los heridos de ambos bandos.

Cuando se encontraban cruzando el jardín botánico frente al hospital de San Miguel de Belén, fueron interceptados por Enrique Vera, capitán constitucionalista (del ejército carrancista), quien ordenó su aprehensión por supuestamente apoyar a los ejércitos villistas que intentaban tomar la plaza. A pesar de sus túnicas, apariencia y explicaciones, ambos presbíteros fueron enviados al cuartel colorado chico para permanecer unas cuantas horas en lo que se decidía su suerte.

Aprovechando una negativa de la diócesis de Guadalajara de pagar 100 mil pesos para la causa carrancista, las fuerzas de Diéguez se dispusieron a dar un escarmiento a los católicos de la ciudad. Ambos prisioneros fueron llevados de vuelta a donde fueron aprehendidos, a la calle Coronel Calderón, a la espalda este del Panteón de Belén. Sin previo juicio y siguiendo la instrucción del capitán Vera, el 37 regimiento a manos del militar dispuso un pelotón de fusilamiento. Colocaron a ambos religiosos contra la pared para ser ejecutados.

Valientemente, el padre Galván negó ser vendado de los ojos, dio un paso al frente y gritó "peguen aquí", mientras descubría su pecho. Tras ello y sin dar oportunidad a la respuesta de sus ejecutores, éste dijo sus últimas palabras: "les perdono lo que ahora van a hacer conmigo". Una ráfaga de disparos simultáneos se hizo presente a la par que el comandante del pelotón daba la orden de disparar. Inmediatamente, el sacerdote cayó inerte sobre el suelo, luego, un soldado del pelón se acercó para dar el tiro de gracia al hombre, para no dejar a dudas que la orden de ejecución se había llevado a cabo.

El cuerpo fue movido a un costado y se movió al padre Araiza para compartir el destino de su compañero. Gracias a la noticia del arresto de los sacerdotes y a la molestia de los tapatíos por la interrupción de su fe por parte de los carrancistas, amigos, familiares y una muchedumbre se dio cita al costado del cementerio para exigir la liberación del religioso que estaba por ser ejecutado. A regañadientes y ante la presión social, el capitán Vera dejó en libertad al condenado y fue entregado a sus rescatistas, librando así la pena capital. Este acontecimiento propició que los tapatíos simpatizaran con el villismo, ejército que capturó la ciudad el 13 de febrero de 1915, otorgando garantías de respeto religioso a todos los católicos. En 1922, los restos del sacerdote fueron trasladados a la parroquia de Nuestra Señora del Rosario, también conocida como Templo del Padre Galván, a pocas cuadras del Panteón de Belén.

Se cuenta que, a altas horas de la noche, en la esquina del Hospital Civil se puede observar un fantasma que murmura plegarias, llevando consigo una lámpara que da constancia de las heridas de guerra que el padre Galván tuvo en su pecho al momento de su muerte por defender su fe.

La tumba del Licenciado

El 14 de agosto de 1818, en Guadalajara, capital de la entonces Nueva Galicia, nació un niño de extraordinarias capacidades mentales, de gran inteligencia y carisma, hijo de una antigua familia tapatía que gozaba de una buena posición social, Don José López Portillo y Serrano. Abogado de profesión, inició su carrera política en 1840 al formar parte del cabildo de Guadalajara, con el cargo de síndico y luego como regidor. A los pocos años fue designado como alcalde de la ciudad y ocupó en cuatro ocasiones una diputación en el congreso local y diputaciones federales. También, llegó a ser Gobernador de Jalisco y participó en el Segundo Imperio Mexicano, precedido por el Emperador Maximiliano de Habsburgo.

Por complicaciones de salud, el abogado cayó enfermo y los médicos aseguraron a su familia que no pasaría de la noche. Por ende, su esposa, señora María Rojas, mandó comprar una gaveta en el Panteón de Belén, en el ala izquierda del cementerio con fecha del 17 de enero de 1890, disponiendo los arreglos para recibir al siguiente inquilino del camposanto, ya que los cortejos fúnebres se debían hacer con anticipación.

Milagrosamente y frente a todo pronóstico, Don José sobrevivió la noche y poco a poco recuperó su buena salud. Se retiró para dedicarse a la docencia hasta el día de su muerte, cuando la vida le llegó a su fin 11 años después, el 18 de septiembre de 1901, siendo inhumado en el Panteón de Mezquitán de Guadalajara. Desde el lejano año de 1890, la tumba del Licenciado yace vacía en el corredor oeste del Panteón de Belén. Se recomienda hacer una parada en esta tumba cuando se visita el cementerio, para conocer la historia del bisabuelo del que sería presidente de México a finales de los años 70 y principios de los 80.

El tesoro de Cípil

Pocos habitantes de Guadalajara conocen que dentro del Hospital Civil viejo de la ciudad se encuentra una pequeña capilla dispuesta para que los familiares de los convalecientes hablen con su creador y soliciten su intervención divina para que interceda por la salud de sus seres amados. La Iglesia de San Miguel se encuentra dentro de los muros del hospital, en el centro del mismo. Sus pasillos se comunicaban con diferentes partes del recinto conocido como "el repartidor", espacio donde se oficiaban misas para todos los convalecientes del hospital.

Se cree que las personas dejan impregnadas energías entre las paredes de los lugares donde viven los momentos más importantes de su vida, desde los más felices hasta los más trágicos y quizás esta es la razón de la historia del tesoro de Cípil, pues se cuenta que este personaje acompañaba a su esposa a visitar al menor de sus hijos, mismo que se encontraba internado en el hospital por una grave enfermedad.

Los doctores no pronosticaban una mejora para el niño, porque la enfermedad que lo aquejaba era una sentencia de muerte en aquella época. La aflicción y fervor de la madre la llevaron a buscar ayuda en la religión, conduciéndola a la capilla de San Miguel acompañada de su marido para tratar de recibir alivio por parte de Dios. La pareja se detuvo a la entrada de la inglesa, pues se cuenta que la mujer se encontró una canasta llena de fruta recién cortada del huerto frente al hospital, mientras que su esposo Cípil observó una bolsa de dinero al costado de la canasta. El hambre por haber pasado días de angustia junto a su amado hijo motivó a que la madre corriera desesperadamente a la canasta para saciar su apetito, mientras que Cípil rápidamente hurgó entre lo encontrado, motivado por la avaricia para pagar sus deudas y tener una vida más holgada.

La mujer sació su hambre y se volvió hacia la puerta de la capilla para rezar por la salud de su hijo, pero el asombro fue impactante al darse cuenta que la iglesia se encontraba cerrada. Cípil no aparecía por ningún lado, la extrañada mujer preguntó por los pasillos del hospital, pidió ayuda a los médicos, preguntó a las personas que pasaban por los corredores y a toda aquella alma que por ahí caminara, pero no había respuesta.

Desesperada por la salud de su hijo y por la misteriosa desesperación de su marido, la mujer regresó al lado de su vástago para seguirlo atendiendo. Al día siguiente y milagrosamente, el niño había recuperado su vitalidad, los médicos no sabían cómo explicar el suceso. Con tan maravillosa noticia, la mujer y su hijo se retiraron del hospital casi inmediatamente, a disfrutar la nueva oportunidad que la vida les había dado. Sin embargo, no había noticias de Cípil, nunca regresó a su casa.

Para mala fortuna de la familia, el joven nuevamente tuvo que volver al hospital, pues su salud había recaído exactamente un año después, siendo atendidos en el mismo nosocomio. Igual que la vez anterior, la madre volvió a acudir a la capilla para buscar alivio en la religión. Al presentarse en la entrada de la estructura, llegó el asombro, debido a que su esposo Cípil se encontraba frente a ella, vestido idénticamente igual a como había desaparecido un año atrás. La mujer se había desmayado del susto, pues lo daba por muerto.

Al volver en sí tras ser auxiliada por el personal de la salud del hospital, reclamó a su esposo por su desaparición. Con lágrimas en los ojos e inconsolable al recordar el dolor que había sufrido por atravesar por la enfermedad de su hijo por doble ocasión y al sentirse dejada a su suerte. Cípil se encontraba sorprendido, incrédulo ante las palabras de su cónyuge, pues para él, sólo había permanecido dentro durante una hora.

Cípil contó que, al encontrar la bolsa con dinero dentro, éste se adentró en la capilla para contarlo sin que nadie más lo viera para reclamarlo. Sin darse cuenta de lo que sucedía alrededor, sólo pensaba en cómo su vida iba a cambiar con la cantidad de dinero que había encontrado. Sus pensamientos fueron interrumpidos cuando un monje se le acercó y le pidió que se retirara, debido a que era momento de cerrar las puertas de la capilla. Éste lo ignoró absorto en contar el dinero, pero fue nuevamente interrumpido por el monje que lo invitó a salir pero que debía dejar todo lo que no le pertenecía de vuelta en su lugar y no podría hacerlo hasta cumplir este cometido. Al voltearse para reclamar al monje por tan severas palabras, no había nadie.

Cípil intentó encontrar la puerta, pero no había manera de salir de la capilla. Buscó, gritó y suplicó que lo dejaran salir, hasta que comprendió que no debía tomar lo que no le pertenecía, pues el tesoro de Cípil era para los más desfavorecidos. Al verse despojado de su reciente dinero encontrado, el hombre regresó a regañadientes lo que había hallado. Cuando éste depositó de vuelta en la bolsa el último centavo de su tesoro, la puerta apareció y éste pudo salir, observando a su mujer que se desmayaba del susto de volverlo a ver.

Ambos asistieron a su hijo durante su enfermedad y su nueva estancia en el nosocomio. No se supo más de los protagonistas de esta historia, no se conoce si el niño logró vencer la enfermedad que lo aquejaba, pero se sabe que aquel monje dio una nueva oportunidad a Cípil, otra ocasión para resarcir lo que su ambición le iba a quitar a los más desfavorecidos que eran atendidos dentro del hospital a cambio del sacrificio de los hombres consagrados al servicio de sus hermanos.

Vidas paralelas

Ricardo, Fernando y Ramón eran tres íntimos amigos que compartieron todo juntos. Desde infantes, el trío vivió toda clase de experiencias, debido a que desde pequeños formaron una gran amistad. Siempre inseparables, los tres acudieron juntos a la educación temprana y luego al liceo. Pasaron los años y los tres decidieron estudiar la misma carrera, la amistad jamás decayó y en todo momento estuvieron presentes para ayudarse mutuamente.

Un día de verano, una trágica noticia llegó a Fernando y a Ramón, pues su entrañable amigo Ricardo había muerto ahogado durante el domingo. La familia llevó a cabo el sepelio y cada uno siguió con su vida, extrañando en todo momento a su amigo que acababa de partir de este mundo.

Exactamente 1 año después de la noticia del fallecimiento de Ricardo, Ramón recibió la noticia de Fernando, que había fallecido el domingo anterior ahogado. Triste por la pérdida de su mejor amigo, éste se dispuso a despedirse de él y dejarlo partir hacia la otra vida, siempre honrando su memoria y confiado que su amistad seguiría en otro plano existencial.

El verano llegó nuevamente y Ramón se encontraba próximo a egresar de sus estudios, por lo que se dirigió con su familia a disfrutar de unos días de descanso en la presa de Osorio, en lo que actualmente es el Parque de la Solidaridad, en los límites de

Guadalajara y Tonalá. Ahí, el domingo transcurría con normalidad y Ramón se dispuso a tomar un baño en las refrescantes aguas de la presa. Se internó más hacia el centro, pero pasados los minutos, la familia de éste notó que no salía, no había rastros de él.

Asustados, la parentela de Ramón pidió ayuda a los pescadores de la zona, los cuales peinaron la zona con sus embarcaciones hasta que dieron con un fatal hallazgo, pues encontraron el cuerpo de Ramón flotando bocabajo sin vida. La familia en su duelo decidió que comprarían una propiedad en el Panteón de Belén. Realizaron todos los preparativos para llevar a cabo el servicio, invitando a familiares y amigos del finado, entre ellos, la familia de Ricardo y Fernando.

Los parientes de Ricardo se extrañaron al conocer la noticia de la muerte de Ramón, pues daba la casualidad que él también había fallecido un domingo, exactamente dos años atrás en la presa de Osorio. A su vez, un familiar de Fernando escuchó la plática y notificó a las familias que su pariente también había fallecido un domingo, de la misma forma y en el mismo lugar, exactamente hacía 1 año.

Era coincidencia o destino, pero los amigos que vivieron vidas paralelas habían sucumbido de la misma manera y con un año de diferencia, como si la gran amistad entre los tres los hubiera conducido uno a uno a compartir el mismo destino y a reunirse en otra vida, en donde continuarían con su relación.

Las tres familias decidieron exhumar los cadáveres de Ricardo y Fernando para enterrarlos junto a su gran amigo. Así, se dispusieron tres tumbas, una al lado de la otra, donde descansan eternamente los compañeros de vida. De esta forma, se narra que los tres amigos disfrutan de su camaradería en la otra vida, apareciéndose ocasionalmente en el Panteón de Belén, castigando a todo aquel que pase por sus tumbas sin respeto o burlándose de las historias que ahí se cuentan, pues visitan al infortunado en su casa para hacerle diversas travesuras.

A su vez, como estudiantes que fueron, conocen las penurias que todo alumno padece durante sus años escolares, sobre todo aquellas relacionadas a los exámenes. Se cuenta que todo aquel estudiante que se presente frente a sus tumbas y pida con fervor por el descanso eterno de estos hombres, Ricardo, Fernando y Ramón lo ayudarán con sus exámenes y a obtener buenas calificaciones.

El túnel

Guadalajara es una ciudad llena de misterios. Sus emblemáticas calles esconden relatos que solamente unos cuantos tapatíos conocen. Debajo de nuestros pies, mientras transitamos por las calles del centro histórico de la ciudad, desconocemos toda la historia que yace debajo de nosotros, los millones de personas que han vivido en épocas anteriores, sus temores, sus necesidades, sus pesares. Esta es la historia subterránea de Guadalajara, la historia que se encuentra debajo de sus construcciones.

Durante los siglos XVIII y XIX, debajo de los principales edificios de la ciudad se construyeron pasadizos secretos que se conectaban entre sí. Se cree que 9 de cada 10 edificios del centro de la perla de occidente tienen debajo de sí algún túnel que conecta con otra construcción. Estos túneles se encuentran en prácticamente todos los edificios, siendo los más famosos el que nace en la catedral y corre hacia el Hospicio Cabañas y el del palacio de gobierno hacia el Teatro Degollado, el cual se cree que todavía es utilizado por los gobernadores del Estado. Otro menos conocido es el del Convento Santa Mónica (lo que hoy es XV Zona militar) hasta el convento filipense (Preparatoria de Jalisco).

Varios de estos túneles siguen siendo completamente funcionales y han resistido el paso del tiempo e incluso se han descubierto durante remodelaciones de las construcciones o durante las obras hidráulicas del tren ligero de la ciudad, mismos que han sido clausurados por las autoridades tapatías. Otros permanecen ocultos debajo de la ciudad, esperando a perderse y a olvidarse durante el tiempo.

Algunos de ellos son minúsculos, cortos y estrechos. Otros son largos y amplios, pues permitían el paso de personas con carga, caballos y carrozas. Su función era sencilla, desde las más benevolentes como el permitir el paso de personas durante revueltas y conflictos, otras más complejas como el contrabando, guardar posesiones preciadas; hasta las más oscuras como evitar que las mujeres fueran ultrajadas durante altercados en la ciudad.

Una de las características principales de las construcciones con túneles debajo de la estructura es el tipo de muro que tienen, ya que los muros anchos normalmente contaban con una doble construcción. Este espacio permitía una especie de bóveda para almacenar tesoros y personas.

En tiempos de la independencia de México, los túneles sirvieron para permitir la huida de Miguel Hidalgo durante su estancia en Guadalajara. También, durante la guerra de reforma, el bando de Benito Juárez los utilizó frecuentemente para huir del palacio de gobierno hacia la catedral y luego tomar dirección hacia cualquier otro edificio o iglesia que tuviese un túnel, permitiendo su escape de la ciudad rápidamente y sin ser detectado.

Durante la revolución mexicana, la subsecuente guerra civil y la guerra cristera, las familias opulentas de la ciudad utilizaron los pasadizos de sus propiedades para escapar de la furia de los bandos armados, esconder su patrimonio, evitar las vejaciones hacia las mujeres y protegerse de los desmanes. Ya durante la guerra cristera, los túneles tuvieron un papel esencial para permitir que la religión católica se siguiera practicando en la ciudad, pues los creyentes podían utilizar los pasadizos para dirigirse a oír misa o celebrarla dentro de los mismos. También, ayudaron a esconder las posesiones episcopales para evitar que su riqueza terminara como botín de guerra de cualquiera de los bandos en conflicto.

No todos los pasadizos sirvieron únicamente como vías de escape entre edificios, pues éstos esconden un lado oscuro terrible. Durante el descubrimiento de los túneles, se han encontrado cadáveres, en su mayoría de niños recién nacidos y fetos, esto debido a que las familias de alcurnia de la época, para evitar la deshonra de los nacimientos fuera del matrimonio, pagaban a las parteras para llevar a cabo el alumbramiento de las criaturas y, posteriormente, que ellas se deshicieran de los cuerpos de los inocentes, dentro de los túneles.

El túnel del Panteón de Belén es uno de los misterios menos conocidos dentro de sus leyendas, ya que esconde un misterio y un propósito oscuro. Éste corría desde el Santuario de Nuestra Señora de Guadalupe, hasta una de las criptas dentro de la primera rotonda de los hombres ilustres que se encuentra debajo de la capilla del cementerio. El templo del Santuario se comenzó a construir en el año de 1777 por orden de Fray Antonio Alcalde y fue inaugurado cuatro años después, con el propósito de habitar la zona norte de la ciudad y para dar una residencia digna a las personas pobres de Guadalajara.

Como parte de las conexiones entre construcciones que se realizaron durante el siguiente siglo, se decidió conectar dos de las grandes obras edificadas por Alcalde. Así, se conectó por un túnel secreto que partía desde el templo del Santuario hasta el panteón de Santa Paula, siendo fachada para evitar su descubrimiento, el Templo de Nuestra Señora de Belén, que funciona como capellanía del Santuario. Los usuarios del túnel debían recorrer durante 10 minutos a pie el trayecto hacia el norte para salir por las criptas debajo de la capilla, pudiendo escabullirse entre las multitudes que se formaban durante los entierros.

Los emparedados

El túnel que yace debajo del templo del Santuario y que llega al Panteón de Belén tiene 1,500 metros de distancia. Sus paredes frías por la humedad y oscuras esconden una terrible historia, pues entre sus muros yacen restos humanos que jamás encontrarán la luz.

Durante los tiempos de la Santa Inquisición en la etapa virreinal de México, la iglesia católica persiguió y juzgó a todo aquel sospechoso o señalado de brujería o herejía. Esta tarea encomendada principalmente a los franciscanos y dominicos constaba de la promulgación de un decreto en una de las plazas principales de la ciudad, en el cual se instaba a los herejes a presentarse voluntariamente para ser juzgados y condenados con penas menores. Por su parte, muchas personas eran acusadas injustamente por parte de sus enemigos sin presentar prueba alguna de sus fechorías. De esta forma, la Inquisición pasó a ser más un instrumento de control del Estado en lugar de la Iglesia católica, siendo sus ejecutores los monjes de las órdenes franciscanas y dominicas.

Así, el túnel del Panteón de Belén tuvo un propósito doble: permitir el paso de personajes religiosos y adinerados importantes durante cualquier fuga y como instrumento para llevar a cabo la represión religiosa como castigo por herejía.

La Santa Inquisición se dio por suprimida en 1843, pero sus prácticas fueron utilizadas durante todo el resto del siglo y los primeros años del XX. Debido a que el Panteón de Belén comenzó su construcción en 1794 pero siendo postergado hasta 1843 por problemas económicos y de viabilidad de la obra, los monjes que anteriormente se dedicaron a castigar a los no creyentes aprovecharon la realización de la construcción para excavar el túnel que se encuentra debajo del cementerio desde el templo del Santuario.

Aquí no sólo se llevaron a cabo las prácticas usuales de los túneles en el resto del centro de la ciudad, sino que también se realizaron acciones que cuestionarían la integridad religiosa de aquellos que participaron en ellas, ya que muchas mujeres de sociedad aprovecharon este túnel para depositar ahí a sus hijos concebidos fuera del matrimonio. Los no natos y recién nacidos que sufrieron por esta práctica, eran emparedados en los muros del túnel para evitar que alguien supiera de su existencia. Pequeños nichos eran excavados en las paredes para alojar los cadáveres de los infantes y rellenados con lodo y cualquier material que pudiera evitar que éste saliera.

A su vez, las monjas que se encontraban en estado de gravidez sufrían el mismo destino que sus hijos, pues a la madre se le depositaba aún con vida en un hueco excavado dentro del túnel, como castigo por fallar a sus votos religiosos. Este destino fue compartido por algunos desdichados tachados de herejía, ya que los monjes reacios a dejar la práctica de la Inquisición y al amparo del silencio de los muros de sus propiedades eclesiásticas utilizaron el túnel del Panteón de Belén para alojar eternamente a los que osaran en desafiar a su religión.

Se cuenta con los dedos de una mano a los hombres que han tenido la oportunidad de transitar por este túnel, pero narran que el terror los invade al caminar durante 1,500 metros el recorrido de extremo a extremo, pues dicen que se perciben los lamentos, las súplicas por piedad, los gritos de desesperación y los ruidos de las uñas desgarradas de rascar la tierra del túnel por parte de los emparedados. La travesía asusta hasta al más valiente y la pesadez del ambiente ha vuelto desquiciado durante el recorrido a varios de los que se han atrevido a transitarlo.

Benefactores en vida y después de la muerte

Guadalajara ha sido escenario de un sin número de enfermedades que han azotado a la población, siendo siempre los más afectados los desfavorecidos de la ciudad. A su vez, la perla de occidente ha sido un lugar significativo para los extranjeros que han conocido México, se han enamorado de la ciudad, de la gente, de sus costumbres. Esto pasó con el matrimonio de Joseph Johnson y Jean Young, una pareja de escoceses que visitaron Guadalajara y decidieron establecerse en la ciudad.

Como parte de las familias adineradas de la época, el matrimonio se encontraba aislado de las peripecias que padecían los tapatíos con menos recursos, pues el hambre y la enfermedad se ocultaban de los más pudientes. Sin embargo, un día tuvieron la desgracia de presenciar un espectáculo dantesco, pues una familia de mendigos persiguió a un perro de la calle hasta acorralarlo y asesinarlo frente a ellos, para comerlo por el hambre que pasaban.

Ante tan aterrador espectáculo, la pareja de escoceses decidió dedicar sus esfuerzos para ayudar a mitigar la miseria en la ciudad. Donaron cantidades incontables de dinero a la caridad y jamás se cansaron de recibir en su casa a todo aquel que pidiera posada y consuelo.

Sin embargo, los años pasaron y una nueva peste abrazó a la ciudad. El señor Johnson contrajo tuberculosis a causa de ayudar a un mendigo a quien recogió de la calle. Debido a su avanzada edad, el hombre murió en poco tiempo. La señora Young se encontró devastada por perder a su compañero de vida, jamás dejando de ayudar a los enfermos y donando el resto de su fortuna a la beneficencia. A los cuatro meses de haber perdido a su marido, Jean Young partió de este mundo para reunirse con su esposo en el Panteón de Belén.

Los tapatíos prontamente se dispusieron a reunir a los benefactores en vida en el camposanto, comprando un espacio para ambos en el muro oeste, para que pudieran acompañarse durante toda la eternidad y como agradecimiento a haber dedicado su vida a ayudar a la ciudad. En poco tiempo y desde entonces, las lápidas del matrimonio escocés se llenaron de ofrendas por parte de los ciudadanos por sus nobles gestos.

Desde aquel momento, miles de tapatíos han acudido al lugar de descanso eterno de los escoceses para buscar auxilio en sus necesidades. Muchos de ellos aseguran haber recibido una ayuda desde el más allá para verse favorecidos en sus peticiones, convirtiéndolos así en benefactores en vida y después de la muerte para los tapatíos.

Se recomienda acudir ante ellos, con humildad y fervor para pedir su intercesión en todos los asuntos que un mortal no puede resolver por sus propias manos, esperando que los señores Johnson y Young presten sus servicios desde el más allá para los habitantes de la ciudad que tanto amaron y cuya dedicación sigue en otros planos existenciales.

La carroza fúnebre

Uno de los principales miedos de toda familia es comprar una propiedad y que en esta existan seres de ultratumba que perturben la tranquilidad de los inquilinos. Otro de los miedos que toda familia tiene es vivir frente a un cementerio. Quienes tienen este infortunio dicen que se han acostumbrado a la situación, que ya no les da miedo y que nunca han visto nada, pero las palabras esconden un temor y la voz se quiebra al pronunciar dichas palabras. Conjuntar ambas situaciones en el espacio que debe ser el santuario y espacio de tranquilidad y descanso de toda familia se vuelve un infierno en la tierra.

Todo camposanto genera una fascinación por el hecho de ser el lugar donde se conjuntan la vida y la muerte. El miedo a lo desconocido y la sensación de impotencia ante perder la vida propia y de familiares es un imán para clavar la mirada en todo cementerio que podamos observar. Al transitar frente a estos, los sentidos se agudizan buscando saciar el morbo por "ver algo", pero el hacerlo ahuyenta a los espíritus benignos que quieran contactar con este plano existencial y con entidades de todo tipo que quieran hacerse presentes en nuestra vida.

Parece que los panteones trasladan al espectador a otros tiempos, momentos donde las personas pierden la vida, las emociones de sus protagonistas se congelan por la eternidad y aparentan ser perceptibles por los que habitamos este plano.

Se cree que todo lugar y objeto cargado de fuertes emociones puede trascender entre distintos planos paralelos, pues se sabe que el tiempo es relativo para su observador. De esta forma, el Panteón de Belén sirve como un ancla para todas aquellas energías que los seres humanos han depositado en su dolor durante cientos de años, tanto en los que duró en funcionamiento como en aquellos que ha servido como un fiel recuerdo a la Guadalajara antigua.

Vecinos del Panteón de Belén que viven frente a su portón han asegurado en múltiples ocasiones haber escuchado una carreta fúnebre realizando su cortejo, mismo que se detiene a las puertas del cementerio. Cosa extraña, ya que el camposanto recibió a su último inquilino en 1978 y las carrozas fúnebres jaladas por caballos han dado paso a vehículos con el mismo propósito, los cuales son menos escandalosos en sus traslados que el trote de los caballos. Extrañamente, quienes han tenido la suerte de escuchar la carroza fúnebre y al asomarse para presenciar el extraño sonido pensando que quizá se trata de alguna de las personas que se ganan la vida trabajando en las calandrias del centro de Guadalajara, narran que no han visto nada, estremeciéndolos aún más. Incluso, aprovechando las nuevas tecnologías de las cámaras que pueden ser montadas en las cocheras y fachadas de las casas, el sonido de la carroza fúnebre es percibido por los vecinos, pero, al revisar la grabación para atestiguar el evento, estas no registran nada.

El recorrido de la carroza fúnebre seguirá siendo un misterio para todos aquellos que vivan frente al Panteón de Belén, un recordatorio que, en este camposanto, los tiempos y las energías se funden en uno solo y nos remontan a aquellos momentos donde la vida da paso a la muerte.

Las lloronas

Uno de los oficios más antiguos del mundo es el de las plañideras o lloronas. Mujeres que se ganan la vida llorando a muertos ajenos, pues antaño se creía que, mientras más dolor se demostrara en un funeral, más rápida sería recogida el alma por su creador. Estas mujeres eran contratadas por la familia de los deudos para llorar de manera desconsolada durante los velorios, ya que había una tradición que dictaba que las familias adineradas no podían llorar o mostrar dolor en público por el escarmiento ajeno. Así, se contrataba a estas mujeres para prestar sus lágrimas a la familia de los muertos y que éstos salieran rápidamente del purgatorio.

Además, en el siglo XIX, se creía que, a mayor número de dolientes en los funerales, más importante había sido la persona. De esta forma, las familias adineradas de la época contrataban a las lloronas para que abarrotaran el funeral e hicieran el mayor escándalo posible, para atraer a más personas al rito, con el objetivo de engrosar la masa que se reunía por el morbo de saber a quién se estaba enterrando.

Si bien, estas mujeres únicamente desempeñaban un oficio por el cual se les pagaba por su servicio, éstas tenían un lugar reservado en las primeras filas de los funerales que se realizaban en la capilla del Panteón de Belén, ya que se les permitía permanecer en los primeros escalones de la estructura para que el sacerdote pudiera celebrar sin interrupciones la Santa misa, mientras que ellas lloraban desconsoladas alrededor del muerto y que la familia pudiera llevar su duelo con tranquilidad.

Hay quien asegura que el oficio de llorona aún sigue vigente y no por parte de las personas que caminan en este mundo, sino por las ánimas de las mismas mujeres que prestaron su llanto, sus lágrimas, su dolor y sufrimiento al socorro de las almas que iban a reunirse con su creador. Diversos relatos aseguran que es posible escuchar llantos de mujeres dentro del Panteón de Belén, tanto entre las tumbas como en el exterior de lo que hoy es la propiedad. Sin embargo, el lugar donde más fuerte llegan a ser testigos de tan macabro evento es en los costados de la capilla central del camposanto.

El desprevenido individuo que es asustado por el llanto de las plañideras buscará a las personas que generan este alboroto con sus berridos, pero jamás dará con las emisoras del ruido, ya que se cree que sus lamentos provienen del más allá por haber cobrado por vivir un dolor que no les correspondía.

El árbol del ahorcado

Santiago era un joven cuyo final estaba a punto de llegar, pues se encontraba internado en el Hospital Civil sufriendo de cáncer terminal. Su cama daba a espaldas del Panteón de Belén y los ruidos del cementerio hacían más espeluznante sus últimos días mientras aguardaba para recibir a la muerte.

Los doctores habían hecho todo lo que estaba en sus manos, no había más medicamentos ni tratamientos que pudieran ofrecer para aliviar el dolor y aumentar la esperanza de vida de Santiago. Su madre se encontraba profundamente devastada por ver morir en sus brazos a su único hijo y buscaba encontrar consuelo en la religión. Sin embargo, Santiago estaba deshecho, pues se encontraba en la etapa más bella de su vida y no podría disfrutarla por su mortal enfermedad.

La madre de Santiago se encomendó con mucha devoción a Dios en la capilla de San Miguel de Belén, dentro del Hospital Civil viejo y salió de ésta con una fe renovada, cargando consigo una estampa de San Juan de Dios, patrono de los enfermos y de los hospitales. La señora se colocó junto a su hijo y le entregó la imagen religiosa, pidiéndole que tuviera fe y que Dios y San Juan lo ayudarían para librar su enfermedad. Santiago se sintió ofendido, pues pensó que su madre estaba jugando con él o simplemente se había vuelto completamente loca, su enfermedad era incurable.

En un arrebato de cólera e indignación, tiró la estampa al suelo y maldijo a Dios por haberle dado tan dolorosa enfermedad, renegó de su religión y la de su madre y pidió a Satanás que lo llevara consigo para aliviar su sufrimiento, no sin antes correr a su progenitora, deseando jamás volver a verla. La madre se retiró del lugar empapada en lágrimas, anhelando que su hijo comprendiera el grave error de dudar de los designios de Dios.

Esa misma noche y ante la desesperación de esperar su final, Santiago tomó fuerzas para ponerse de pie y retiró la sábana de su cama. Sigilosamente, abrió la ventana que se encontraba detrás de su cama y salió hacia el Panteón de Belén cubierto por la noche. Escapó por el recoveco y aprovechó la luz de la luna llena para observar dónde cometería el atentado contra su propia vida. Ahí y justo afuera de su habitación, un fuerte y vigoroso árbol se encontraba al lado de la barda que divide al camposanto del nosocomio. Sus ramas eran sólidas y gruesas, el árbol gozaba de vida.

Sin miramientos y antes de que alguien pudiera detenerlo, Santiago ató la sábana contra la rama del árbol en uno de los extremos y el otro a su cuello, con un fuerte nudo, el cual nadie sería capaz de desatar sin romper la tela. Reiterando su maldición a la divinidad, Santiago saltó de la rama y colgó del árbol para acabar con su vida, sufriendo una muerte dolorosa por el nudo mal hecho, mismo que le costó perder su esencia largos y agobiantes minutos.

Al día siguiente y muy temprano, la madre de Santiago regresó al hospital para contar a su hijo una gran noticia, pues los doctores se habían comunicado vía telefónica con ella, ya que en los últimos resultados de Santiago habían notado que no se trataba de cáncer terminal, sino de pancreatitis y únicamente debían realizar una cirugía para extraer el órgano dañado, permitiendo al joven disfrutar del resto de su vida con perfecta salud, parecía que Dios y San Juan de Dios habían escuchado sus súplicas. Sin embargo, su felicidad se transformó rápidamente al llegar a la cama de su hijo, pues no se encontraba postrado, sino que yacían varios doctores, camilleros y enfermeras en su lugar y una muchedumbre de curiosos se empujaban para tener una vista privilegiada de la escena.

Una de las enfermeras reconoció a la madre de Santiago y le ofreció sus condolencias, ya que su hijo acababa de perder la vida la noche anterior. La mujer rompió en llanto, pues cómo era posible, si los doctores le acababan de notificar apenas unas horas antes que su enfermedad no era mortal. Sin embargo, por fuera de la ventana era recuperado el cuerpo inerte de Santiago, que aún tenía la sábana atada al cuello. Los doctores retiraron de su puño apretado una pequeña estampa con la figura de San Juan de Dios, quien había escuchado las súplicas de la madre e intercedido para el alivio del enfermo, pero su auxilio no sirvió de nada, pues el joven decidió tomar la salida falsa.

Se cuenta que el árbol del ahorcado perdió su otrora vitalidad en cuestión de días. Sus ramas se secaron y sus hojas cayeron al suelo del panteón, en señal de que éste había participado en el acto más cobarde que un hombre puede cometer ante la desesperación. Pronto, el árbol cayó al suelo por causas naturales, extinguiendo su vida, al igual que la de Santiago.

Cuando se acude al Panteón de Belén durante los recorridos nocturnos, es posible recorrer con las linternas la pared que divide al camposanto del hospital hasta dar con la ventana por la cual escapó Santiago, cuya sombra de su cuerpo inerte puede observarse plasmada en la barda, como recordatorio de que sólo Dios puede quitar la vida en el momento de su designio.

El tesoro del pirata

Durante los siglos que la corona española gobernó en tierras de lo que actualmente es el territorio mexicano, partían con rumbo a Europa grandes cantidades de oro, plata, piedras preciosas, maderas, especias y todo tipo de materiales que pudieran incrementar las arcas reales. Si bien, la época de oro de la piratería se vivió durante el siglo XVIII en el océano atlántico, las islas Filipinas (que fueron territorio español hasta 1898), servían como un puerto de entrada a Asia por parte de España a través de la Carrera de Indias y el Galeón de Manila.

Esta situación generó un lucrativo mercado negro qué fue aprovechado por hombres de mar para hacerse con inmensas fortunas en poco tiempo mientras los europeos prestaban mayor atención a las costas atlánticas.

Desde Manila se embarcaban productos del interior de Asia con destino al puerto de Acapulco, embarques que tenían la intención de cruzar México hacía Veracruz y continuar su camino a Europa. Un brillante hombre de mar se dio cuenta de esta situación aprovechando que había vivido toda su vida en el océano. Decidido, utilizó todos sus ahorros y compró una humilde embarcación y adiestró a un puñado de hombres con los cuales partió desde las costas de Manzanillo, quedando a la espera de un desprevenido navío que transitara por la ruta para asaltarlo y tomar sus riquezas.

La treta funcionó y en cuestión de minutos, los hombres ganaron más dinero del que habían visto juntos en su vida. La fortuna mal habida siempre será una tentación, por lo que, al gastar sus utilidades, el grupo de piratas se volvió a reunir una y otra vez para asaltar a cualquier embarcación que pareciera lucrativa. Tras el éxito de su empresa, acordaron guardar la mayor parte de lo sustraído y almacenarlo en un lugar remoto, quedando todo para el último hombre que viviera.

Con el paso de los años y la muerte de más y más compañeros, uno de los hombres decidió que era tiempo de retirarse, no sin antes un último trabajo en el que asaltarían un galeón cargado de oro y con destino a España. El atraco fue un éxito y los hombres fueron a las costas de Jalisco a esconder su botín. Sin previo aviso, el protagonista de esta historia asesinó a todos sus compañeros de fechorías cegado por la codicia. El hombre terminó de asegurar el tesoro y se dispuso a disfrutar lentamente del botín por el resto de sus días.

Pasaron los años y el antiguo pirata formó una familia, pero nunca reveló la ubicación de su fortuna. Cada vez más paranoico porque la muerte lo rondaba se volvió reacio a abandonar su casa, pues aseguraba que los fantasmas de sus antiguos camaradas lo perseguían y lo atormentaban para castigarlo por hacer uso del dinero maldito.

Al poco tiempo, el pirata murió y su tesoro quedó perdido y escondido, posiblemente en Puerto Vallarta. Su cuerpo fue enterrado en el Panteón de Belén con una lápida en forma de ancla en la parte norte del cementerio como un recordatorio para la eternidad de la vida que llevó en el mar.

Cuenta la leyenda que una sombra vigila celosamente la lápida con forma de ancla. Se cree que el fantasma custodia el tesoro del pirata y la ubicación exacta de la fortuna le será revelada al valiente que sea capaz de rezar un rosario completo frente a la tumba con fervor para pedir por el perdón y descanso eterno de todas las personas que perdieron la vida por ese tesoro maldito. Esto con la única condición de que el rezo se haga exactamente a las 12 de la noche y en completa soledad.

La mortaja

Una de las costumbres más usuales de las personas que vivieron durante el siglo XIX y principios del XX era la preparación de su muerte. Entre las tareas que los hombres y mujeres de aquella época realizaban en espera de su hora de morir se encontraba la mortaja, la cual era una vestimenta que se colocaba al difunto y cuya confección se realizaba mucho tiempo atrás de lo que se esperaba que la persona perdiera la vida y mientras ésta aún se encontraba en plenitud de sus facultades mentales.

Durante la mortaja, las personas realizaban los preparativos para el día de su muerte para no dejar problemas a sus familiares que quedarían en este mundo. Entre estas tareas se encontraba la elección de la ropa con la que deseaban ser enterrados, siempre y cuando fuera de color negro. Esta mortaja se solía guardar en el ropero de las personas, dentro de una caja de cartón o madera, acompañada de un paño blanco para cubrir el rostro del difunto, un jabón para lavar el cuerpo, perfume al gusto y otras amenidades para quienes participen del duelo.

La mortaja era mantenida en secreto dentro del ropero y sólo era revelado el lugar de la misma cuando las personas sentían que su hora se acercaba, pues pretendían no dejar ningún asunto inconcluso en este mundo y evitar así problemas a sus dolientes.

El misterioso monje

Uno de los más célebres relatos fantasmales que han tenido lugar en el Panteón de Belén es la aparición del monje misterioso que quedó grabado en cámara mientras caminaba por debajo de las escalinatas de la capilla del camposanto.

A punto de comenzar el nuevo milenio, el Panteón de Belén reabrió sus puertas en 1996, esta vez para recibir a los habitantes de

Guadalajara, México y el mundo y que pudieran caminar dentro de sus leyendas, volviéndolo un recuerdo palpable de una época pasada. Extrañamente y por alguna razón, son muchos los visitantes que frecuentan el camposanto para tomarse fotos dentro de éste, ya sea para sus XV años, para bautizos e incluso bodas, utilizando la belleza arquitectónica que el Arquitecto Manuel Gómez Ibarra dejó para las futuras generaciones. Lo que nadie imaginaba es que este cementerio ya era frecuentado por seres de otras dimensiones.

Corrían los primeros años del siglo XXI y una pareja había optado por llevar a cabo una sesión fotográfica en el panteón con motivo de sus futuras nupcias. Los amantes se colocaron sobre la escalinata, quedando a sus espaldas la capilla del recinto. Sin previo aviso y ante la grabación de la cámara, un monje de túnica oscura y mirada cabizbaja recorría el pasillo que se encuentra debajo de la escalinata, donde en antaño era la rotonda de los hombres ilustres.

Pocos saben que, en ese preciso momento, dos cámaras se encontraban grabando el momento y el misterioso monje sólo aparece en una de las grabaciones. De hecho, ante este aterrador encuentro que dio la vuelta al mundo, se han realizado cientos de estudios al video para comprobar la veracidad y todos han concluido en que se trata de un metraje real.

Un aspecto realmente notorio del monje que se observa en la grabación es que camina lentamente portando un crucifijo en su mano izquierda que, según historiadores, data de por lo menos 300 años, tiempos en los que las órdenes religiosas atendían el camposanto y el hospital.

A raíz de este metraje que recorrió el mundo, el Panteón de Belén comenzó a recibir a una gran cantidad de visitantes que se daban cita en sus puertas para conocer las leyendas y buscar con morbo al misterioso monje que databa del siglo XVIII. Sin embargo, pocos visitantes tuvieron la suerte o la desgracia de verlo. Ya en el año 2002, el monje volvió a hacerse presente ante los vivos, siendo visto recorriendo el pasillo oeste con dirección hacia el Instituto Jalisciense de Ciencias Forenses y cuyo acceso se encuentra clausurado.

En esa ocasión y durante el mes de noviembre, un joven llamado Christian platicaba con unos médicos y enfermeras sobre la exposición que se suele realizar dentro del cementerio con motivo del día de muertos. En ese momento, una de las enfermeras comentó al joven que una extraña persona se encontraba parada en la puerta que anteriormente daba al anfiteatro del hospital. Christian, extrañado por la enfermera, decidió caminar hacia donde le señalaron que se encontraba la persona, creyendo que se trataba de alguno de los trabajadores que realizaban el montaje de la puesta en escena.

Christian pudo observar a un hombre vestido de monje y con el cráneo calvo, con corte similar al de aquellos religiosos de la época de antaño deambulando justo en el sitio donde le fue indicado. Esto le fue extraño y se apresuró para dar con él, pero su sorpresa fue mayúscula al llegar, ya que, ante su mirada, éste monje se perdió al dar la vuelta en una columna.

Hay quienes aseguran que en realidad no se trata de un solo monje fantasmal sino de varios que deambulan por el cementerio, cumpliendo una promesa eterna de servicio al prójimo o pagando por sus pecados, pues, en tiempos pasados, se creía que las familias tenían el acceso al cielo garantizado si uno miembro de ellos se unía a alguna orden religiosa, otros eran obligados a tomar los votos para pagar por los daños causados a la sociedad. Es por estas causas que no todos los monjes y monjas tenían la vocación del servicio y de la fe, pues estos eran obligados por las familias y la sociedad a dedicar su vida a la religión, condenándolos a pasar el resto de la eternidad cumpliendo un servicio que no amaban o, a expiar sus pecados en esta vida o en la otra.

Sin duda, un estremecedor relato de primera mano sustentado con evidencia digital que sirve para comprobar la conexión que existe entre los vivos y el otro mundo, teniendo como punto de unión el Panteón de Belén. Durante nuestra visita al camposanto debemos ser cuidadosos para no encontrarnos con el misterioso monje que vaga entre las tumbas para toda la eternidad.

Los trágicos amantes

¿Qué es el amor? ¿Por qué sentimos esa extraña atracción emocional y carnal hacia la persona que tanto nos gusta? ¿Hasta dónde estamos dispuestos a llegar con tal de superar todas las barreras y estar al lado del ser al que tanto amamos?

José María Castaños era un joven ambicioso, con sueños y metas, proveniente de una importante familia de Guadalajara y con un prometedor porvenir. Él jamás creyó caer totalmente rendido al amor al conocerlo de la mano de Andrea, una hermosa joven de piel blanca y tersa como la nieve, penetrante ojo oscuros, boca pequeña y roja, nariz delicadamente afilada y larga cabellera negra, pero de familia de ingreso precario. En el corazón no se manda y ambos jóvenes sintieron una atracción instantánea al momento de conocerse en la Alameda de Guadalajara.

José María cortejaba a la joven y ésta, sin empacho, no era indiferente a las intenciones de su acaudalado prospecto. Un día decidieron formalizar su noviazgo y la pareja visitó a los padres de Andrea quienes aprobaron la unión, maravillados por tan grande alegría. No obstante, no ocurrió lo mismo con la familia Castaños quienes rechazaron a Andrea por no provenir de una familia acomodada como la de ellos, ni siquiera dieron oportunidad a la joven de mostrar su maravillosa personalidad y extraordinarias capacidades, mucho menos les importaba el sentimiento del corazón de José María.

La pareja no rompió su compromiso y siguió adelante en su relación sin importar las opiniones de la familia del novio. La madre de José María hacía todo lo posible por evitar que éste continuara frecuentando a su amada, pero sus intentos eran inútiles, pues el amor de ambos crecía día a día.

No pasó mucho tiempo para que la pareja decidiera dar un paso importante en su relación y comprometerse en matrimonio. El padre de José María comprendió qué no podía reprimir los sentimientos de su hijo y otorgó su bendición a ambos en su unión, no así la madre del joven, pues utilizó toda clase de artimañas para que la pareja rompiera su compromiso. Se cuenta que, ante la desesperación de la nula obediencia de su hijo, la madre acudió con los padres de Andrea para intentar sobornarlos para que reprendieran a su hija y así evitar la boda, pero los progenitores se mantuvieron firmes y apoyaron a la pareja.

José María y Andrea estaban muy felices, faltaba muy poco para el día que tanto habían soñado, pronto unirían sus vidas ante Dios, pero la señora Castaños tenía una última carta por jugar. En su desesperación se presentó ante los novios y amenazó con quitarse la vida si estos no rompían su compromiso inmediatamente. La pareja trató de explicar de todos los modos posibles que su amor era real y que no descansarían hasta casarse, pero la mujer tampoco fue flexible en su postura. Todos los intentos fueron inútiles y José María, ante el miedo de perder a su madre aceptó el chantaje y terminó su relación con Andrea.

Los días pasaron y por fin llegó la fecha en la que se celebraría la boda. José María no podía apartar sus pensamientos de su ex prometida y Andrea aun amaba con todo su corazón a su alma gemela.

En un arrebato de locura, José María se las ingenió para citar a Andrea en la Alameda, lugar donde se habían conocido y donde su historia había comenzado. La pareja, rota en llanto se juró amor eterno y se convencieron de que sus familias jamás los dejarían vivir su amor. Así, ante la impotencia, decidieron que sí en esta vida no podían ser felices, buscarían serlo en la otra vida.

Como Romeo y Julieta, los trágicos amantes decidieron ingerir juntos un potente veneno que les arrebataría la vida, muriendo juntos, lado a lado como lo habían soñado. Antes del amanecer, se encontraron los cuerpos de la pareja abrazados y sin signos vitales en el actual jardín Aranzazú.

La noticia llegó a ambas familias, dos jóvenes completamente enamorados habían tomado la salida falsa para poder estar juntos en la eternidad. En un acto de remordimiento, la familia Castaños compró una propiedad en el Panteón de Belén para que los trágicos amantes pudieran estar juntos por toda la eternidad, mandando labrar un par de cruces entrelazadas sobre la tumba, cómo símbolo de su amor inconcluso.

La señora Castaños no podía con su conciencia, pues su falta de empatía y amor hacia su hijo y sus decisiones lo habían orillado a abandonar este mundo. Con su pesada carga de tristeza y arrepentimiento, llevó a la tumba de José María y Andrea un lazo nupcial de flores naturales como muestra de que finalmente aceptaba y daba su bendición para la unión de ambos, rogando a dios, a su hijo y a su nuera que la perdonaran.

Cuenta la leyenda que, entre los berridos de la mujer al reconocer su error y pedir perdón, el viento calló y los ruidos cesaron, un abrumador silencio se hizo presente en el camposanto. Ante la mirada atónita de la madre, las flores naturales que había llevado como arrepentimiento se convirtieron en piedra, señal inequívoca de que la pareja había aceptado su arrepentimiento y otorgado su perdón.

Para todas las parejas que desean la bendición de los trágicos amantes, ellos se encuentran sepultados cerca de la capilla central del cementerio, detrás a su costado izquierdo. Se cuenta que los enamorados que pidan con fervor por su relación y prosperidad matrimonial serán escuchados y ayudados desde el más allá para que puedan vivir a plenitud su amor, como ellos no lo pudieron hacer.

El pasillo de los angelitos

No existe mayor felicidad para una pareja que tener en sus brazos a su recién nacido. El sentimiento de dar vida a una criatura que esperamos durante toda nuestra existencia es el amor más grande que una persona puede llegar a vivir. La felicidad irradia los corazones de los afortunados y transmite una singular alegría a las familias de los padres. Este sentimiento es solamente igualable por su opuesto, perder a un hijo.

Se llama huérfilo a los padres que viven la desgracia de ver morir a un hijo y estos, devastados por su dolor no encuentran consuelo durante el resto de sus vidas, el dolor es tan intenso que incluso lleva a muchos de ellos a atentar contra su propio ser al no saber cómo lidiar con el pesar que causa en un ser humano.

Cuando se viene a la mente un cementerio, inmediatamente se piensa en personas que fallecieron sin dolor y a edades avanzadas, en pocas ocasiones se considera que la muerte no distingue edades ni clases sociales, llegando incluso a los más pequeños y de maneras atroces.

En el siglo XIX se tenía una alta tasa de mortalidad infantil y los niños que no podían ser bautizados por morir antes de recibir este sacramento o por no haber nacido con vida eran rápidamente llevados a realizar el servicio para garantizar su entrada al cielo, pues se intuía que la familia contaría con un angelito junto a Dios para cuidarlos. Por esta razón, muchos infantes fueron enterrados durante aquellos años con alas de querubín, simulando su entrada al paraíso.

En ese siglo era habitual no nombrar a los niños al nacer hasta asegurarse de que serían capaces de sobrevivir, debido a la alta mortandad infantil de aquellos años, en los cuales se consideraba la muerte de un infante de lo más normal y se pensaba que la inocencia del niño permitiría que no pagara ninguna condena en el purgatorio, siempre y cuando el bautizo se haya realizado.

Por esta razón, los cementerios destinaban un espacio para sus huéspedes más pequeños, pues se pensaba que jugarían en la vida eterna si eran enterrados junto a otros infantes. Esta situación llevó a que en el Panteón de Belén se erigiera un lugar donde se enterrara a los niños, el cual está delimitado por piedras blancas, en forma de simbolismo hacia la inocencia de los pequeños y cuyo paso en su interior está prohibido a manera de respeto hacia las criaturas.

Este pasillo es conocido como el pasillo de los angelitos y aquí reposan la mayor parte de los seres enterrados en el Panteón de Belén que fallecieron a temprana edad o que no tuvieron la oportunidad de llegar a nacer. A los visitantes que quieran presentar sus respetos ante estas indefensas criaturas, que se hayan visto en la misma situación de sus padres al perder un hijo o que no han tenido la dicha de engendrar una vida, se les solicita acudir de manera respetuosa y no pisar entre las tumbas. Este pasillo se localiza en la parte sureste del camposanto, entre la famosa tumba de Victoriana Hurtado y la del vampiro y es inmediatamente reconocible por la cantidad de piedras blancas que surcan el perímetro y las pequeñas lápidas que se encuentran detrás de éstas.

Par de incrédulos

Ya en albores del siglo XXI, el Panteón de Belén es convertido en un museo que sirve para ofrecer recorridos para que los visitantes conozcan las leyendas que ahí se cuentan. Miles de personas han visitado el céntrico lugar en el corazón de Guadalajara y se han mantenido respetuosos de las leyendas del lugar. Sin embargo, cuentan los guías del cementerio que en la mayoría de los recorridos existe gente a la que le gusta interrumpir las explicaciones, se burla de las leyendas, de las historias y reta a lo desconocido a presentarse ante ellos para corroborar la veracidad de su existencia.

En uno de estos recorridos se encontraban varios amigos que compartían sus años de estudio de bachillerato en la preparatoria de Jalisco, cercana a la zona del Panteón de Belén. Los jóvenes formaban parte de una clase de historia y el profesor había decidido llevarlos de excursión al camposanto como parte de los aprendizajes sobre la ciudad. Como en todos los grupos, había toda clase de estudiantes, desde los más comportados y atentos hasta aquellos que únicamente asisten a la escuela porque consideran que no tienen nada mejor qué hacer.

El profesor pidió enérgicamente a sus alumnos que se portaran respetuosos durante el recorrido, que prestaran atención a las historias que narraría su guía, pues parte de los créditos de la calificación final dependerían de este recorrido. Todos los alumnos hicieron lo que su mentor había pedido, excepto dos de ellos, quienes eran conocidos en la escuela como algunos de los estudiantes más complicados para los profesores, sus nombres eran Jorge y Ernesto.

Mientras el grupo avanzaba, el dúo no paraba de gritar groserías y burlarse de las tumbas, increpando a los inquilinos y retándolos a que se presentaran ante el grupo. Las mujeres se estremecían de pensar que eso llegara a suceder y pedían al par que se comportara. Incluso el profesor no sabía ya cómo detener el comportamiento de estos jóvenes. El guía, sintiéndose ofendido por los atropellos del par, exigió al docente que cesara la mala conducta de sus alumnos o detendría inmediatamente el recorrido y lo daría por finalizado.

El profesor, joven e inexperto en el manejo de grupos, separó a Jorge y Ernesto y permaneció a su lado, amenazándolos con reprobarlos si volvía a escuchar una sola burla al recorrido o a los finados que se encontraban descansando en el panteón y ambos aceptaron a regañadientes. Sin embargo, al paso de los minutos, Jorge aprovechó un momento de descuido del profesor mientras el grupo hacía una parada para conocer una de las leyendas y maltrató una de las tumbas que se encontraban más cercanas a éste, rayando su nombre en ella y arrancando un pedazo de piedra como recuerdo del recorrido.

El guía continuó con el paseo y para finalizar, como es costumbre por parte de los trabajadores del cementerio para asustar a sus escuchas, preguntó si alguien se atrevería a pasar la noche en el panteón, a oscuras y en soledad. Ernesto, mismo que llevaba minutos aguantando las ganas de hacer uno de sus acostumbrados chistes, dijo en voz alta y para molestia del guía que él sí lo haría y que los fantasmas que ahí rondaban lo tenían sin cuidado, por decirlo de una manera menos vulgar.

Toda la clase comenzó a reírse de este comentario y el guía dio por terminado el recorrido en ese momento. El profesor no sabía cómo disculparse por el bochornoso evento y le aseguró que reprendería al joven. Tras esto, pidió a todos los bachilleres que regresaran a la escuela para retomar sus otras clases. Durante este camino, Jorge mostraba la piedra que irrespetuosamente había tomado de una de las lápidas y la presumía como botín de guerra, asegurando que los muertos estaban muertos y no podían hacerle nada, mientras que Ernesto se pavoneaba de no temerle miedo a nada ni a nadie. La mayoría de los compañeros festejaban la absurda hazaña de Jorge. Este par de incrédulos habían firmado su sentencia.

Las clases terminaron y todos los alumnos regresaron a sus casas. Jorge se dirigió a la suya y se preparó para cenar. Se cuenta que la familia del adolescente era complicada y por eso él aparentaba un carácter fuerte, para mostrar que no se dejaba intimidar por nadie, salvo por su padre, quien acostumbraba emborracharse hasta embrutecerse y maltratar a su mujer e hijos. Tras la cena, Jorge se dirigió a su cuarto junto con sus hermanos, pues todos dormían en una sola cama. Siendo el menor y más pequeño de todos, los hermanos mayores lo despojaron de su espacio y lo mandaron a dormir a la sala, decisión que desearían jamás haber tomado, pues no sabían que sería la última vez que verían con vida a su hermano.

A la mañana siguiente, los alumnos de la preparatoria de Jalisco se encontraban ya en sus salones para tomar clases, pero fueron interrumpidos por otro de sus compañeros quien llegaba a toda prisa a narrar la aterradora noticia que traía, pues Jorge había sido encontrado sin vida y colgando del ventilador de la sala de su casa. Según relató el estudiante, Jorge llevaba consigo una piedra en su mano, misma que los paramédicos que hicieron el levantamiento del cadáver tardaron en retirar, debido a que la apretaba con fuerza, como si fuera a lo último a lo que se hubiera sujetado con su último aliento. Ésta piedra pertenecía a la tumba a la cual había vandalizado.

Por su parte, se cuenta que Ernesto dejó de asistir a la escuela y sólo sus más íntimos amigos fueron avisados por la madre de éste de su destino, ya que había sido internado en un sanatorio mental al día siguiente de su visita al Panteón de Belén, pues la familia lo encontró encerrado en su habitación, completamente desquiciado y gritando que un tal Jorge estaba debajo de su cama y venía por él junto con más personas a llevárselo al averno.

No se juega con lo que no se conoce y por ello siempre se recomienda ser profundamente respetuoso con los muertos en todos los cementerios, ya que nunca sabemos en qué momento los haremos enfadar y cómo cobrarán su venganza ante nuestra irreverencia.

Sueños truncados

Juventud, divino tesoro, ¡ya te vas para no volver!, reza Rubén Darío en uno de sus más célebres poemas. La juventud es el momento de plenitud del ser humano, de mayor ímpetu, de vigorosidad, de sueños, de esperanzas y de anhelos, que cuando no se cumplen, son suplidos por amargura y tristeza, esta es la historia de José G. Castro.

Nacido en 1832 en el seno de una familia acomodada de Jalisco, José era el primogénito de la familia Castro. Sus padres habían depositado muchas esperanzas en el nacimiento de su vástago, teniendo grandes ilusiones por su llegada. Desde pequeño, José demostró una inteligencia mayor a la de cualquier niño de su edad, se interesaba por las ciencias naturales, el cuerpo humano era su mayor inquietud.

Mientras crecía, una extraña enfermedad lo empezó a aquejar, impidiéndole seguir jugando con sus amigos, pues lo postraba en cama acompañándolo de intensos dolores que no se quitaban con ningún remedio. Frente a él desfilaron decenas de médicos, pero ninguno lograba dar con su mal. Ante esta situación, los señores Castro decidieron no tener más hijos, de forma que sus atenciones y amor se centrarían únicamente en José.

A pesar de sus dolores, José se aferraba a la vida. Intentaron todos los tratamientos, los últimos descubrimientos en medicina, la familia Castro viajaba a Europa, Estados Unidos, Asia en busca de un tratamiento efectivo para su enfermedad que avanzaba cada vez más rápido con el paso de los años. No obstante, José jamás se rindió y se dispuso a disfrutar cada momento de su vida. Decidió estudiar medicina con la esperanza de ayudar a todos aquellos que padecieran enfermedades para aliviarlos en su dolor y en animarlos a no perder la esperanza por su recuperación.

La vida tiene formas crueles de arrebatarnos nuestros sueños y el 9 de junio de 1861, mismo día en que Benito Juárez toma protesta como presidente de México, José G. Castro a los 29 años de edad vio sus sueños truncados al perder la vida y sin haber alcanzado a lograr sus sueños de convertirse en doctor.

Se dice que los padres de José no dejaron de acudir seguido a la tumba de su hijo para visitarlo, mandando labrar un hermoso epitafio en su gaveta obra del mismo autor del mausoleo a Benito Juárez.

En su epitafio se observa una tumba al estilo griego con tres personajes. Del lado izquierdo se encuentra José al lado de un obelisco inconcluso que representa el tiempo de vida y los sueños que le fueron arrebatados por caprichos de la vida. Del lado derecho, la figura de un hombre y una mujer que sufren por la pérdida de su hijo. De esta forma, todos los visitantes que se detienen a admirar la tumba afirman encontrar sus propios simbolismos, referencias y analogías a la vida, logrando formar una empatía con José por su trágica y pronta partida.

Por último, se cree que todos los enfermos que acuden a visitar al doctor José G. Castro, cuya voluntad de vida fue apoyar a los dolientes serán sanados si piden con fervor por su recuperación. Por esta razón, los enfermos o sus familiares que se presentan en el panteón suelen dejar ofrendas a José, esperando que interceda por ellos para encontrar alivio y sanación.

Si se desea visitar la tumba del doctor José, es necesario caminar por el corredor de la izquierda inmediatamente al ingresar en el Panteón de Belén. Al llegar al final del pasillo, se debe girar hacia la derecha y proseguir hacia el norte. A medio camino, se encontrará con la lápida del doctor más famoso del camposanto, por lo que se recomienda presentar una ofrenda, un regalo o una oración al mismo, por todo el amor que brindó a sus prójimos, incluso durante sus últimas horas.

La enfermera en pena

Muchos pacientes del Hospital Civil viejo de Guadalajara describen haber tenido un encuentro peculiar con una de las enfermeras que ahí trabaja. Una enfermera sin rostro y de aspecto tétrico, que al acercarse logra enfriar el ambiente y volver la situación en un momento aterrador, sin motivo alguno sienten una gran pena, como si la tristeza los invadiera y no existieran pensamientos felices. Esto sin saber que la misma historia se repite año con año, cambiando de paciente, pero no de enfermera.

Se cuenta que por los años 50 del siglo pasado existía una joven enfermera en el Hospital Civil viejo que se dedicaba arduamente a su labor, pues sentía una gran vocación por ayudar a todas las personas del mundo, encontrando en la enfermería una manera de ganarse la vida y cumplir con su pasión. De aspecto encantador y de hermoso rostro, con una rubia cabellera y gran corazón y de carácter afable, esta enfermera era singular en sus atenciones, siempre con una sonrisa. Era el deseo de muchos de los jóvenes que trabajaban junto a ella, ya que varios de ellos intentaron cortejarla, pero a todos fueron rechazados.

Un día de verano, llegó un nuevo doctor al hospital. Todas las enfermeras platicaban entre ellas por su admirable belleza, mientras que los doctores murmuraban con un grado de envidia ante su nuevo compañero. Sin más, éste doctor se acercó a la enfermera y la asistió durante uno de sus tratamientos. Ella, sin mirar a su nuevo compañero participó acercando al galeno todo el material que iba necesitando para realizar su labor sin fijarse de quién se trataba y al término de su tarea, miró hacia arriba para quedar inmediatamente flechada por la belleza del médico.

Los meses pasaron y el doctor fue cortejando cada vez más a la enfermera que no resistía a sus encantos. Pasado el tiempo, éste le indicó sus intenciones de formar una familia con ella y le propuso matrimonio. La mujer aceptó inmediatamente la oferta, pues se encontraba profundamente enamorada del doctor. Sin embargo, su pareja se resistía a presentarla como su prometida y a que ella conociera a su familia.

Pasaron pocos meses y el médico le pidió que tuvieran un encuentro más cercano. La enfermera rechazó la propuesta indecorosa, pues era un tabú en esos momentos hablar de temas relacionados al pudor, pero el médico la chantajeó para que accediera o la dejaría si no lo hacía. Ante tal amenaza, la enfermera aceptó y ambos se unieron en un encuentro carnal.

Ya llegada la fecha de la boda, el médico dijo a su prometida que debía salir de viaje con su familia para entregar personalmente invitaciones para su compromiso a su parentela que se encontraba en la ciudad de Monterrey. Previendo el largo camino, la enfermera aceptó y se despidió de su enamorado guardando todo su cariño y afecto hasta su regreso. Pasaron los días y éste no regresaba, incluso la enfermera sentía que la gente hablaba y se reía a sus espaldas, pues sus supuestas amigas hacían comentarios mal intencionados respecto a su compromiso, dudando de la fidelidad de su enamorado.

Harta de las habladurías, la enfermera decidió hacer frente a los chismes y exigió a las personas que le dijeran de frente lo que estaba pasando. Nadie se atrevía a decirle a la dulce y amorosa joven sobre la desaparición de su amado, hasta que una de las enfermeras, malhumorada por los años de servicio en una labor que no le gustaba para nada le confesó que el supuesto médico sólo había hecho una apuesta con sus amigos para enamorar a la enfermera más guapa del hospital y robarle su inocencia, que todo se había tratado de un simple juego.

La enfermera rompió en lágrimas, incapaz de asimilar la idea. Corrió en búsqueda de los compañeros de su ex amante y preguntó si era verdad lo que recién había escuchado. Entre risas, todos afirmaron que era cierto y que eso se ganaba por haberlos rechazado a todos. Los jóvenes se reían de la pobre y desconsolada mujer, la pena por ser engañada y ultrajada por el hombre a quien tanto amor le tenía le hicieron dirigirse inmediatamente al baño del hospital donde acabó con su vida para no continuar siendo el objeto de las risas y la diversión de sus compañeros de trabajo.

Los testigos contaron que el personal del hospital encontró a la pobre mujer con las venas abiertas y desangrada hasta la muerte, la sonrisa de su bello rostro había cambiado por una profunda tristeza. Los compañeros de la finada no sintieron remordimiento alguno y siguieron en sus actividades habituales, mientras que no se volvió a saber nada del antiguo enamorado de la enfermera. Lo que sí se supo es que los pacientes siguieron recibiendo la visita de la enfermera en pena que los visitaba para continuar con su función laboral.

Los pacientes que son atendidos por el ánima de esta enfermera narran que sienten una profunda tristeza cuando notan su presencia. Afirman que todos los pensamientos, recuerdos y vivencias felices relacionados al amor se esfuman y son sustituidos por una pesadumbre que lastima el alma. Si bien el terror no se hace presente, sí un sentimiento de empatía por la mujer y evitan totalmente hacer contacto visual, pues consideran que observar fijamente el rostro del ánima de la enfermera en puede causarles un terror más grande que sus dolencias.

Por otra parte, personal del área de la salud y estudiantes que permanecen en el hospital a altas horas de la noche han descrito que alguien los observa desde el pasillo que da a los sanitarios. Hay quien afirma haber presenciado a un extraño ser que se asoma desde la puerta del baño, escondiendo la mitad de su cuerpo por la pared. No se sabe qué ni quién sea, pero se cree que es el alma de la enfermera en pena que ronda los pasillos del hospital realizando sus labores desde el más allá y asustando a aquellos de alma impura que serían capaces de no extenderle una mano a sus compañeros en necesidad, como los que permitieron que la dulce enfermera perdiera la felicidad de forma tan trágica.

Muertos con vida

El Hospital Civil viejo de Guadalajara es un lugar de bullicio y tránsito incesante. A todas horas del día hay movimiento de gente y de vehículos, pero no todos se dirigen al nosocomio, sino que llegan a las instalaciones de lo que anteriormente era parte del hospital para intentar dar con los restos de sus seres amados.

A finales de los años 40 del siglo XX, la esquina suroeste del complejo fue destinada para almacenar los cadáveres de personas que fallecían de causas ajenas a la naturaleza, a modo de identificación de la forma de la muerte y de la persona en cuestión. A su vez, se decidió clausurar la puerta que daba acceso desde el hospital al Panteón de Belén, dejando la marca de una pared cubierta de ladrillos y resanada con material como testigo del cambio de función. A raíz de esto, se comenzaron a presentar fenómenos paranormales en el espacio dedicado al Laboratorio de Análisis e Identificación Criminalística de Jalisco, que posteriormente tomaría el nombre de Servicio Médico Forense y actualmente Instituto Jalisciense de Ciencias Forenses.

Se considera que los cementerios son espacios santos destinados al entierro de los muertos para que sus almas puedan descansar en paz y trasciendan a otros planos existenciales, principalmente observando que su fallecimiento se llevó a cabo por razones de la vida y en un momento preciso. De esta forma, los panteones sirven como punto de enlace entre los vivos y los muertos. En cambio, existen otros lugares donde las almas permanecen encerradas, siendo atormentadas por el sufrimiento de muertes dolorosas e inesperadas o sin darse cuenta de su destino y que ya no pertenecen al mundo de los vivos, corrompiendo los lugares donde sus cuerpos son depositados.

Cientos de miles de cadáveres han sido llevados a este rincón del complejo, muchos de ellos fallecidos de las formas más inimaginables de crueldad que un humano puede causar a otro. A causa de esto, se cree que no todos los seres que han estado en este espacio pueden encontrar la luz o el purgatorio y vagan por este mundo, asustando a los especialistas que llevan a cabo su labor en estas instalaciones.

El alma corrompida de estos desdichados pena por la eternidad en estos pasillos, cargando su dolor y pesar, buscando a alguna forma de vida a la cual contactar para llevar a cabo sus tareas inconclusas. Visitantes ajenos a los trabajos del Instituto Jalisciense de Ciencias Forenses que han tenido la desdicha de cruzar por sus pasillos narran experiencias que estremecen hasta al más valiente. Desde ruidos extraños y voces que parecen perderse en el vacío cuando no hay nadie alrededor hasta lo más horripilante de todo al ver cuerpos inertes moverse de la nada.

Los que ingresan sienten inmediatamente una pesadez en sus cuerpos y se sienten observados por algo o alguien que busca hacerles daño. Durante los pocos minutos que dura su estancia, los sentidos se agudizan buscando preservar la integridad del visitante, pero estremecidos por la temible atmósfera del lugar. Hay quien ha tenido el infortunio de ver a los cadáveres ahí recostados mover alguna de sus extremidades, pareciendo inequívocamente que ahí yacen muertos con vida.

A pesar de ello, el miedo siempre está latente y las voces del más allá son habituales de escucharse, como si alguno de los recién fallecidos intentara comunicarse con el visitante. Sin embargo, hay cuerpos que duran una gran cantidad de tiempo sin poder ser identificados o que son preservados en este espacio para las tareas forenses que se realizan en ellos con el fin de aportar más datos a los investigadores sobre las causas de muerte y sus asesinos. Esto conlleva a que las almas que pertenecían a estos cuerpos no puedan descansar en paz, que los familiares vivan años de calvario sin poder recibir los restos de sus seres amados y darles santa sepultura o, en el peor de los casos, vagar por siempre al no poder ser identificados y no poner un fin a su existencia.

La ciencia considera varios factores que pueden provocar el movimiento repetido de los cadáveres durante meses o años. Esto se debe principalmente a que los ligamentos del cuerpo se van secando con el paso del tiempo, provocando contracciones que causan los movimientos. Se estima que la acumulación de los gases durante la descomposición genera movimientos y ruidos que provienen del vientre de los difuntos.

A pesar de ello, la escena es tétrica, pues existen relatos de visitantes al macabro lugar que aseguran haber sido testigos de cuerpos que se movían como si se tratara de un ser humano en sus capacidades habituales, voces que los llaman pidiendo ayuda, clemencia o mencionando sus nombres, e incluso haber sido tocados por estas entidades estando completamente solos.

De todo corazón se desea que ninguna persona se vea en la penosa necesidad de acudir el Instituto Jalisciense de Ciencias Forenses buscando a su familiar, pero si se llega a visitar por otros motivos se recomienda extrema cautela dentro de sus pasillos, ya que nunca nadie se encuentra preparado para caminar donde los muertos cobran vida y suplican por auxilio.

El ánima de Colita

El complejo de San Miguel de Belén de Fray Antonio Alcalde es la joya de la corona de las construcciones al norte de la entonces ciudad en expansión de Guadalajara. A finales del siglo XVIII y principios del XIX se construyeron a su alrededor una serie de 158 pequeñas casas, las cuales se conocieron como "Las Cuadritas" y cuyo propósito era brindar una vivienda digna para que poblaran los más desfavorecidos que acudían a sanarse en el Hospital Real de San Miguel de Belén y a las familias más necesitadas de la ciudad. Esta serie de casas son consideradas como las primeras viviendas populares de toda América.

Las Cuadritas comprendían 16 cuadras que se estima se encontraban a espaldas del Santuario de Nuestra Señora de Guadalupe y frente al Panteón de Belén, dando nacimiento a lo que hoy se conoce como el barrio del Santuario, en 1779. Al día de hoy, solamente permanece una de estas viviendas, pues las demás fueron tragadas por la urbe y remodeladas a lo largo del siglo XX. Ésta única sobreviviente del tiempo se conoce como el Albergue Fray Antonio

Alcalde y se encuentra en el 576 de la avenida que lleva el nombre de uno de los más grandes benefactores de Guadalajara.

Durante finales del siglo XIX, en una de estas Cuadritas habitaba una familia numerosa, los parientes provenían del estado de Colima y sus miembros se contaban por decenas, ya que había varias generaciones habitando estos espacios destinados para la caridad. Entre ellos, existía una señora llamada Escolástica, a la cual la conocían con el sobrenombre de Colita y cuyo nacimiento se estimaba durante la independencia de México, pues no se tiene registro de antaño, ya que los documentos de nacimiento de las personas en aquellos tiempos eran depositados en las parroquias a las cuales pertenecían las familias, dando pie a que los papeles se perdieran en incendios, revueltas y un sin fin de situaciones.

Cabe mencionar que, en aquellos entonces, la urbanización de la ciudad crecía hacia otros puntos y el norte estaba contenido por la barranca de Belén, por lo que todos esos lugares donde hoy se encuentra parte de la ciudad, en mencionados tiempos se encontraban despoblados, arbolados y con riachuelos. Caminar entre los árboles y el camino de piedras hasta toparse con el portón de la entrada al Panteón de Belén era una escena que impresionaba.

Los hombres de la casa salían a trabajar y regresaban a la puesta de sol, mientras que las mujeres cuidaban a los hijos y realizaban las tareas del hogar. A las mujeres mayores les correspondían otras tareas menos demandantes, pero la señora Colita, a pesar de su avanzada edad, solía lavar la ropa de la familia en uno de los riachuelos que se encontraban cercanos al lugar. La gente pasaba por el lugar y acostumbraba a ver a Colita en el lavadero, tallando y tallando la ropa hasta dejarla completamente limpia, volviéndose muy conocida entre los habitantes del barrio del Santuario.

Un día y sin previo aviso, la señora Colita falleció, no se supo la causa, pero se consideró que había muerto por su avanzada edad. Como la familia era de recursos escasos, solicitaron el entierro de la anciana en la fosa común del Panteón de Belén con el objetivo de ahorrarse unos pesos en el funeral y encontrarse cerca de sus restos, nadie quiso cooperar con dinero para darle un adecuado final a la mujer. Las autoridades de la administración del cementerio aceptaron y dieron un espacio para la señora Colita en la fosa común, donde se esperaba que eventualmente se le unieran sus familiares.

Pasaron los días del fallecimiento y la gente seguía con sus actividades normales hasta que una extraña presencia empezó a aparecer en el lavadero, pues los paseantes por el riachuelo aseguraban haber visto a la señora Colita tallando ropa en el mismo lugar donde solía hacerlo. Varios de los niños aseguraban que la anciana se les acercaba para jugar durante las mañanas y que estos no le temían, pero no comprendían que la mujer ya no debería de encontrarse ahí con ellos.

Nadie prestaba atención a las apariciones de Colita, creían que se trataban de historias de niños que no sabían lo que había ocurrido con la anciana, hasta que un día, mientras las mujeres realizaban sus tareas de lavado de ropa, Colita se apareció junto a ellas, como si se tratara de una mujer más. Todas salieron inmediatamente espantadas, corriendo en búsqueda de auxilio en dirección al Hospital de San Miguel y hacia el Santuario, pero aun así los hombres seguían incrédulos, ya que consideraban que eran historias de necios.

Ninguna mujer quería acercarse al lavadero, el miedo a que el ánima de Colita se apareciera era el mayor disuasorio para realizar sus actividades. Todas las féminas de las Cuadritas se acompañaban mutuamente a fin de no dejarse solas por si el fantasma se aparecía, los niños tenían estrictamente prohibido acercarse al riachuelo y los hombres seguían sin creer en la presencia, a pesar de que día a día había personas que afirmaban haber sido asustados por la recién fallecida.

Un día y al poco tiempo de comenzar las apariciones del ánima de Colita, se celebraba un cumpleaños de uno de los familiares directos de la difunta, que también era vecino de la zona e invitó a todos los habitantes de las Cuadritas del barrio del Santuario para festejar. La celebración se llevaba en grande, litros y litros de tequila fueron comprados, un mariachi fue contratado para amenizar el baile. Incluso, la familia del festejado mandó comprar corderos para sacrificarlos y preparar birria. Los festejos estaban en su clímax cuando de repente los mariachis callaron y la alegría se volvió en espanto, pues una aterradora presencia se había aparecido frente a ellos y no era ni más ni menos que el ánima de Colita.

A pesar del miedo, nadie podía gritar, pues se encontraban totalmente espantados del terror de ver la aparición. El festejado se desmayó del sobresalto y hubo uno que otro que alcanzó a esconderse y resguardarse. Nadie atinaba a hablar con la difunta, pero una niña pequeña a quien se recuerda como Lupita dio un paso al frente para colocarse delante de la fallecida.

- Colita, ¿se encuentra bien? - preguntó la infanta.
- No. - respondió tibiamente la anciana.
- ¿Le sucede algo? - volvió a preguntar la niña, ya con la voz entrecortada de la impresión.
- No puedo descansar. - dijo con pesar Colita.
- Dígame, si puedo hacer algo, si hay algo con lo que pueda ayudarla.
- Necesito que se rece un rosario por mi alma, nadie se acordó de mí y me aventaron a la tierra cual despojo. - concluyó el espectro.

Todos se sobresaltaron, el fantasma tenía razón, pues nadie se acordó de ella tras su muerte, no hubo ningún novenario, nadie quiso dar un peso para darle una sepultura digna a la mujer. En cambio, los familiares sí tenían dinero para cosas más banales, como lo era una fiesta de cumpleaños con tequila, mariachi y birria.

Lupita prometió orar con toda su fe por el eterno descanso de Colita, logrando que el espectro caminara cabizbaja hasta perderse en la oscuridad de la noche. La fiesta se terminó y cada quien se retiró a sus casas, intentando dar con alguna explicación lógica de lo que había ocurrido. La niña Lupita rezó esa noche y las siguientes ocho con toda su devoción, intentando dar cumplimiento a su promesa para rezar un novenario al ánima de Colita, pudiendo evitar más apariciones de la ya difunta.

Al término del novenario, parecía que ya no habría más historias de apariciones por el barrio del Santuario, pero todos se equivocaron, pues al décimo día, Lupita se aproximó a la familia de la finada para decirles que Colita se le había vuelto a aparecer pidiendo que sus consanguíneos acudieran durante nueve noches al mismo lugar donde sepultaron sus restos, en la fosa común del Panteón de Belén, para que así su alma pudiera descansar en paz. Como era de esperarse, los familiares no creyeron en el relato y pensaron que se trataba de alguna jugarreta de la niña para que se hicieran responsables por su difunta, e incluso se burlaron del infante por haber dicho tener ese encuentro sobrenatural.

Lupita se regresó triste a su hogar, sin saber que esa misma noche el ánima de Colita se aparecería por última vez al familiar cuya fiesta había terminado en espanto, exigiendo que él y toda la parentela que no había tenido problema en mandarla a la fosa común cumplieran con el mandato que ésta había hecho a la niña como castigo a su codicia, pero debiendo hacerlo a las ocho de la noche, hora a la cual se creía que los espíritus salían de sus tumbas para cuidar de su última morada. De lo contrario, Colita se aparecería día a día a cada uno de los integrantes de la familia hasta su último suspiro, para condenarlos a una eternidad sin descanso, acompañándola en su pena.

Con el pánico que la aparición generó en el hombre, éste mandó a toda la familia para que cumplieran con su cometido y rezaran día a día un rosario hasta cumplir con el novenario parados sobre la fosa común exactamente a la hora indicada, debiendo brincar la barda todos los días y evitar a los veladores, así como a los espíritus que allí habitan molestos por la interrupción de su descanso.

La familia cumplió con el acuerdo y Colita por fin encontró un descanso eterno para no volverse a aparecer otra vez. De la familia no se supo nada, pero sí que estos platicaron el resto de la historia a Lupita, quien creció durante el siglo XX contando a sus descendientes la historia del ánima de Colita.

El cigarro de Arturo

Uno de los mayores pecados que suele cometer el hombre durante su estancia en este mundo es la codicia, la cual ciega completamente la vista hacia el dolor del prójimo y lo enamora de lo mundano y material, encarcela en su avaricia a quien la padece y no causa más que sufrimiento a quien lo rodea.

Con el paso de los años y durante la modernización de Guadalajara durante los años 40 del siglo XX, la metrópoli necesitó de más espacio para continuar con su crecimiento, obteniendo el vital lugar hacia el norte, hacia la barranca de Belén, absorbiendo el antiguo complejo de San Miguel y desapareciendo las Cuadritas que Fray Antonio Alcalde había mandado hacer para la beneficencia, siendo sustituidas por una gran cantidad de vecindades.

En una de estas vecindades que surgieron frente al Panteón de Belén, hacia el noroeste del mismo, nace la de Arturo. Esta historia se desarrolla en los años 60 y 70 del siglo XX y cuyo protagonista era un señor de mediana edad a quien los vecinos conocían por su extrema tacañería, mismo que evitaba a toda costa realizar gastos en su vivienda, dejándola caer hasta el punto de dejarla casi inhabitable. Ni siquiera en su salud realizaba algún esfuerzo económico, pues el hombre consideraba que se trataba de gastos innecesarios y que le llegaría la hora el día que así Dios lo decidiera. La miseria humana en la que vivía lo llevó a no tener atenciones para su difunta esposa, por lo que los vecinos y sus consideraban que éste la había dejado perecer sin atenderla médicamente a fin de no tocar su dinero.

El día que Dios lo decidió llegó y éste fue declarado muerto el 15 de febrero de 1969, un día después de los festejos de la ciudad de Guadalajara por su fundación. Como era de esperarse, el estado del cuerpo era deplorable debido a la falta de cuidados en salud que Arturo tuvo hacia consigo para evitar contraer gastos. Contrario a lo que se pensaría, el tacaño no deseaba que sus restos fueran incinerados y dejados en un lugar simple para depositar sus cenizas en cualquier camposanto de la ciudad o en una iglesia, sino que deseaba que su familia le mandara construir un mausoleo especial en el Panteón de Mezquitán, utilizando un supuesto oro que se decía tenía oculto en alguna parte de su casa y que éste afirmaba haber obtenido al haber llegado al barrio junto con su esposa, de manos de un joven empresario que tenía enterrados a sus padres en el Panteón de Belén y que al enterarse de la noticia de la clausura del camposanto, se apresuró a viajar a Guadalajara para asegurarse de mantener intacta la tumba de sus padres.

El empresario buscó a quién atendiera la propiedad debido a que tenía planeado abandonar el país para no volver jamás. Así, tocó puerta tras puerta las casas de los vecinos del cementerio hasta que alguien le diera su palabra de cuidar de la cripta a cambio de una cuantiosa suma de monedas de oro. Arturo había vivido siempre en la miseria y sin oportunidad de mejorar su estatus económico, aceptó inmediatamente la oferta y dio su palabra de realizar el trabajo a cambio de la pequeña fortuna, pero pronto, la ambición pudo más y faltó a la misma, dedicándose única y exclusivamente a cuidar las monedas que el joven había dado a cambio de su promesa.

Los hijos de Arturo tenían poca comunicación con él por los arrebatos que el padre había tenido para con ellos durante su crecimiento. Incluso, aún permanecían molestos por haber permitido que su madre muriera a fin de no gastar un solo peso de su supuesto tesoro que tanto se ufanaba de tener, por lo que decidieron no cumplir con su última voluntad y en su lugar, dejar abandonada la propiedad para evitar los malos recuerdos que les traía de su infancia, convencidos de que no existía ningún oro y que la historia de la pequeña fortuna que poseía eran sólo palabrerías de su padre para tener algo que contar en las reuniones familiares y de amigos para darle sentido a su existencia.

Pasaron los meses y el dueño de la vecindad batallaba para dar mantenimiento a la propiedad que anteriormente habitaba Arturo, incapaz de lograr que alguien se estableciera ahí por más de unos pocos días. Desesperado, el propietario decidió bajar la renta del lugar a unos cuantos pesos de la época, con el fin de recuperar algo, pero su sorpresa era mayor al notar que todos los inquilinos que lograba atraer salían despavoridos al paso de pocas noches de haberse instalado.

Molesto por la situación y la desgracia de verse incapaz de ver rendimientos de su propiedad, el dueño acudió a los vecinos para preguntar si sabían algo del por qué nadie lograba establecerse en la humilde vivienda. Los residentes espantados por la pregunta del casero le contaron la historia de Arturo y que éste se aparecía desde el más allá, haciendo ruidos durante la noche, moviendo objetos y cuidando su tesoro. Explicaron que los asustaba cada que estos caminaban cansados del trabajo y de regreso a sus casas, prendiendo un cigarro y siendo observada únicamente la luz del cerillo con el que encendía su vicio en la parte trasera de la vecindad, justo en la entrada a la casa que antes habitaba Arturo. Creían que el fantasma del hombre cuidaba celosamente su fortuna, vigilando a los vecinos para que no se atrevieran a buscar sus monedas de oro.

Cada uno de los vecinos contaba la misma historia y agregaba cada vez más detalles, mencionando que los nuevos inquilinos que se atrevían a ocupar el espacio salían despavoridos gritando que alguien los tocaba por la noche y que el fantasma de un hombre se les aparecía reclamando su tesoro. De igual forma, contaban que una persona con la descripción de Arturo se les aparecía en sus sueños, ahuyentándolos de la casa para no dieran con su fortuna.

Según explicaron, ninguno de los vecinos se atrevía a pasar a solas cuando el cielo se oscurecía, siempre debían estar acompañados por alguna fuente de luz como una lámpara de aceite o similares, pues en los años 70 todavía no estaba tan popularizado el uso de la luz eléctrica en Guadalajara, los apagones y cortes eran frecuentes. Una y otra vez mencionaban que veían a lo lejos la luz del cigarro de Arturo que se prendía y se apagaba mientras éste custodiaba su oro.

Cuenta por último la leyenda que, al enterarse de la historia y con la idea en mente de que ahí se encontraba enterrado en alguna parte una pequeña cantidad de monedas de oro con las cuales cubriría los gastos del maltrato a la propiedad por parte de Arturo, el dueño de aquella vecindad decidió demolerla y correr a todos los inquilinos para buscar el tesoro por su cuenta. No se sabe si el propietario llegó a encontrar el oro o no, lo que sí es conocido es que se han reportado avistamientos del cigarro de Arturo hasta nuestras fechas en el lugar donde hoy en día se encuentra un estacionamiento frente al Panteón de Belén.

Los ahorcados del huerto

Para la realización del proyecto del Hospital Real de San Miguel de Belén, se decidió que el nosocomio contara con ciertas amenidades para los monjes que lo administrarían, a fin de hacer su vida más sencilla mientras se dedicaban a su noble tarea. De esta forma, en el proyecto original se destinó un espacio donado por la Real Audiencia de Guadalajara que serviría para construir un huerto frente al hospital.

Ahí, los monjes aprovecharían el espacio para plantar una gran variedad de árboles frutales y satisfacer parte sus necesidades alimenticias, así como dar un poco de comida a las familias de los necesitados de la zona y de los huéspedes del hospital. Este antiguo huerto sigue en pie hoy en día, pero no de la misma forma en la que se encontraba antes y en la actualidad se conoce como el Jardín Botánico.

Debido a la necesidad económica de las familias de los enfermos que acuden a recibir ahí sus tratamientos, muchos deben acampar ahí, otros toman largos descansos debajo de las hojas que otorgan consuelo del calor, mientras que algunos médicos y personal de la salud aprovechan para tomarse un merecido descanso de sus arduas ocupaciones paseando y comiendo por el lugar. La mayor parte de las personas que aprovechan el espacio ignoran la historia que hay en él, descansan bajo los troncos de los árboles sin tener idea alguna de las atrocidades que en ellos se cometieron pues en sus ramas se llevaron a cabo ahorcamientos en tiempos de la guerra reforma, el Segundo Imperio, revolución, guerra civil y cristiada.

Varios de estos árboles que aún siguen en pie fueron objeto de material para terminar con la vida de otros seres humanos. Mientras más grandes fueran las ramas, mejor, pues se evitaba que estas fueran a romperse mientras llevaban a cabo en ellas la macabra función de quitar la vida a otro ser humano durante un ahorcamiento.

En tiempos de la guerra de reforma, el bando conocido como conservador aprovechó poseer la ciudad para sofocar todo intento de insurgencia y alentar a los tapatíos a unirse a su causa. Esto conllevó a una persecución política contra todos aquellos que eran considerados como traidores por tener ideas similares a las del entonces presidente Juárez. El 6 de enero de 1864, las fuerzas del ejército francés ingresaron a Guadalajara al mando del general Aquiles Bazaine, profanando el suelo mexicano y declarando a la ciudad en estado de sitio. El 25 de ese mismo mes, el Tribunal de Justicia del Departamento de Jalisco firmó el acta de adhesión al Imperio Mexicano, castigando a todo aquel que se encontrara fuera de las ideas del nuevo régimen y llevando ante la justicia a todos los que no comulgaran con la nueva forma de gobierno.

Si bien, gracias a los documentos que sobreviven de aquella época se estima que los tapatíos tuvieron una importante aceptación al régimen imperial, se sabe que se llevó a cabo la ejecución por medio de la horca a tres insurgentes que pagaron con su vida por sus ideas y dejando sus cuerpos en lo que entonces era el huerto del Hospital de San Miguel, como advertencia a la desobediencia. Luego de la muerte y cuando las autoridades que habían realizado el castigo se olvidasen del asunto, los vecinos de la zona descolgaban a los fallecido y sus restos eran entregados a las familias para realizar su duelo o eran enterrados en la fosa común del Panteón de Belén, por la cercanía con el huerto.

Lo mismo sucedió al inicio de lo que se conoce como "la república restaurada", debido a que la facción comandada por el presidente Juárez limpió a la ciudad de los hombres y mujeres acusados de haber conspirado en favor de los franceses y los conservadores durante la pasada guerra, llevándolos a pagar por sus crímenes al mismo huerto donde las fuerzas imperiales habían colgado a sus compañeros de ideales.

Ya entrada la revolución y su subsecuente guerra civil, ambos bandos llegaban a Guadalajara intentando conseguir reclutas para su causa y pasando por las armas a los que se rehusaran a unirse a su lucha, ahorcando a los que eran sospechosos de pertenecer al otro bando y confiscando sus bienes para continuar con sus batallas. Nuevamente, los árboles del huerto fueron el escenario ideal para dejar un mensaje para los que desafiaran a los revolucionarios y al gobierno en turno.

Durante la guerra cristera y a pesar de que la pena capital estaba prohibida en México por mandato constitucional, las fuerzas del bando federal aprovechaban los sitios religiosos para mostrar lo que le pasaría a todos los hombres y mujeres que pelearan por su fe y desafiaran al gobierno, por lo que una vez más, el huerto del Hospital de San Miguel fue utilizado para dejar un macabro mensaje en contra de la población que osara en practicar su fe. Es en éste momento histórico donde los hoy ancianos, recuerdan haber vivido las terribles imágenes de los ahorcados del huerto colgando de las ramas de los árboles que aún se encuentran de pie frente al Hospital Civil viejo, debido a que los ahorcamientos eran frecuentes, para evitar que la gente se revelara contra las leyes de los hombres, haciéndolos lentos y dolorosos por la caída corta de la cuerda, falleciendo por el estrangulamiento como forma de castigo y amenaza a los presentes.

No se tiene una cuenta exacta del número total de ahorcados cuyos cuerpos fueron dejados colgando en los árboles del huerto de Belén, ya que las ejecuciones se hacían sin dejar registro de las atrocidades. Sin embargo, hay quien asegura haber caminado despreocupadamente en tiempos modernos por el jardín botánico o haber dormido bajo sus árboles y mirado hacia arriba, teniendo la macabra sensación de haber visto a los ahorcados del huerto colgados del cuello y observándolos fijamente, con los ojos botados por la presión de la cuerda debido a la estrangulación.

Si se camina por el jardín botánico se recomienda pasar de prisa, no elevar la mirada hacia la copa de los árboles y realizar una plegaria para honrar a los ahorcados del huerto, evitando que estos se hagan presentes y sean vistos por el transeúnte, de lo contrario, tendrá una aterradora visión de sus momentos finales para toda la vida.

Los sin nombre

Durante los recorridos en el Panteón de Belén es común encontrar tumbas cuyos epitafios aún se conservan y que sólo tienen grabado un nombre, sin apellidos, sin datos de nacimiento ni fecha de defunción, únicamente un nombre tallado en piedra para que la propiedad fuera reconocida por sus dueños.

Esto es frecuente en los cementerios que aún se conservan y cuya antigüedad es mayor a los 100 años, ya que, en los siglos pasados, los niños que nacían fuera del matrimonio eran estigmatizados y tachados de "bastardos" durante toda su vida, término que hacía referencia a una vergüenza familiar por haber sido procreado sin las costumbres que regían aquellas épocas y cuyos padres negaban la existencia de los mismos para no dar explicaciones o vivir en el estigma social de la época. Incluso en etapas adultas, había hijos que nunca serían reconocidos por sus padres para no heredar sus bienes o evitar las habladurías contra la familia.

También, las personas que habían sido malvadas durante su vida o habían cometido crímenes inenarrables eran enterrados con esta misma práctica, de forma que únicamente su familia directa pudiera tener conocimiento de su paradero y no las personas a las que había dañado con su malicia, evitando así que la venganza se hiciera presente.

Se sabe que se llegó a utilizar como forma de castigo por parte de las familias que se sintieron traicionadas por el actuar de uno de sus miembros y en su fallecimiento se retiró su apellido como forma de castigo por su pecado hacia sus consanguíneos.

Esta situación invita a los visitantes del Panteón de Belén a ser respetuosos hacia las personas que se encuentran bajo tierra en las tumbas que encuentren con un nombre y sin apellido, rezar una pequeña oración o plegaria por el alma de los castigados de esta forma para que puedan encontrar un descanso eterno, de manera que los espíritus de los allí enterrados puedan sentir la empatía que no pudieron tener por parte de sus familiares y la sociedad que los juzgó.

Sin miedo a la muerte

Pocas formas de condenar el alma de un hombre son peores que el robo. El despojar a alguien de sus pertenencias por medio del hurto, la violencia o el engaño es de las formas más viles y crueles de corromper el espíritu de una persona, más aún si la víctima es incapaz de defenderse, sea un viejo, un niño o un muerto. Esta lección la aprendieron Elías y Rodrigo al atreverse a molestar a los difuntos para satisfacer sus necesidades de los mortales.

Se cuenta que un par de ladronzuelos de poca monta azotaban el centro de la ciudad de Guadalajara durante finales del siglo XIX. Nada ni nadie estaba a salvo de su voraz apetito por lo material y se dedicaban a tomar a diestra y siniestra cuanto botín mal habido pudieran obtener. Las autoridades tapatías estaban rebasadas por la ola de asaltos en las calles y sustracciones de bienes valor dentro de las propiedades de las familias adineradas de la ciudad, mismas que pagaban a personas especializadas en la protección de sus bienes para que no cayeran en manos de los ladrones.

Esto nunca importó a Elías y Rodrigo, habían puesto la mirada en un viejo que logró su fortuna a base de comercializar con la leche y el ganado de los Altos de Jalisco, cuya residencia se encontraba en el centro de la ciudad y cuyo nombre fue olvidado por la historia. Su posesión más preciada era un reloj de oro que el viejo magnate acostumbraba a llevar consigo en uno de sus bolsillos, cuyo valor sentimental era mayor que el material, puesto que su esposa fallecida y amor de su vida le había obsequiado durante su lecho de muerte para que sirviera como recordatorio de la eternidad juntos que se juraron.

Elías y Rodrigo tenían ya en la mira al anciano, rondaban sus pasos y esperaban el momento justo para que éste se descuidara de la protección de sus guaruras y pudieran tomar el artículo que tanto deseaban. Una tarde de abril esto sucedió cuando el viejo hombre decidió emprender el camino de vuelta a casa a solas y por su propio pie después de una extenuante reunión de negocios en lo que hoy es el centro histórico de Guadalajara. El desgastado hombre caminaba por lo que actualmente es la calle de Liceo con rumbo a su propiedad cuando fue sorprendido por el par de bribones que lo amenazaron con una pistola de la época, exigiendo que les entregara inmediatamente su pertenencia o le dispararían.

El anciano se rehusó a la exigencia de los ladrones y éstos le dispararon, hiriéndolo gravemente en el abdomen, pero no murió en el momento. El potente estruendo fue escuchado por parte del personal de seguridad del anciano, llegando al lugar rápidamente a caballo antes de que los perpetradores del crimen lograran retirar el reloj de su víctima. Elías divisó a los jinetes y advirtió a su compañero, mismo que se vio frustrado al no obtener su botín y decidió dejar al moribundo a su suerte para huir de sus perseguidores. Ambos ladronzuelos lograron escapar de la seguridad del millonario, pero éste no pudo huir a la muerte y, tras una dolorosa agonía por la bala alojada en su abdomen, perdió la vida cuatro días después del incidente.

Rodrigo no se quedaría sin las manos vacías, por lo que tomó a modo personal el no haber obtenido su botín. Por ello, convenció a su cómplice de esperar a que el velorio del viejo hombre recién fallecido se diera por terminado y aprovecharían la oportunidad de que el mausoleo del anciano se encontraba recién establecido en el Panteón de Belén para brincar los muros que rodean a la propiedad y sustraer cuanta pertenencia valiosa encontraran del lugar.

Sin miedo a la muerte, la pareja de cómplices se decidió una noche a brincar la barda del cementerio y a eludir al velador hasta dar con el paradero exacto de su víctima. Acompañados de la luz de la luna y pasada la medianoche, los dos hombres sin corazón lograron dar con el mausoleo del fallecido, reconociéndolo porque la familia había colocado un retrato del mismo al interior de la propiedad. Los desalmados abrieron el candado y se introdujeron en el mausoleo, abrieron el sarcófago tomando monedas y cuanta pertenencia encontraron del difunto ultrajando su memoria. Como último, hurgaron en el bolsillo del anciano, logrando sustraer el reloj que tanto habían deseado conseguir.

Finalmente, se menciona que Rodrigo tiró el retrato del hombre al suelo, lo pisó y lo escupió a modo de burla final, pero el par de bribones jamás se percató de que no dejaron atrancada la puerta del mausoleo para poder salir del lugar con su botín. Mientras se burlaban de la persona a la que le habían quitado la vida, la puerta de metal del mausoleo se cerró debido a los fuertes vientos que hacían, cerrando el candado que habían abierto minutos atrás y dejándolos atrapados junto con el difunto. El miedo empezó a cundir.

Los cuerpos humanos durante su descomposición suelen moverse súbitamente por los gases que emanan de los mismos y por los tendones en su reacomodo, esto se sabe en tiempos modernos, pero era desconocido durante finales del siglo XIX. Gracias a esto, o quizás la molestia del espíritu del anciano fallecido, el cuerpo del viejo se movió de posición e hizo un ruido espectral tan fuerte que alertó al velador que hacía su rondín por el área.

Cuando el trabajador del camposanto llegó al lugar de donde había provenido el pavoroso sonido encontró un mausoleo vandalizado, abierto el sarcófago del hombre que recién se unía como inquilino al Panteón de Belén y junto a él, el cuerpo de dos hombres encerrados en el mausoleo con las caras totalmente desencajadas de pánico, quienes habían perdido la vida a causa de un infarto fulminante provocado por el miedo de haber enfurecido a los muertos.

Terrores nocturnos

El Panteón de Belén es frecuentado por visitantes que buscan conocer sus historias y enamorarse de su arquitectura. Los pensamientos se distraen por la belleza y tranquilidad que nos refleja el camposanto, siempre y cuando seamos acompañados por la luz del día. Por la noche sucede lo contrario, los sentimientos y pesares de los seres humanos ahí enterrados son capaces de trascender a través del tiempo y el espacio. Se cuenta que las energías de los allí enterrados pueden acompañar a los visitantes a su casa, una vez que el recorrido ha terminado.

Visitantes al cementerio han contado en foros de Internet y redes sociales que han sufrido de terrores nocturnos a raíz de su recorrido, experimentando una profunda tristeza, depresión o pesar ajeno, el cual se repite día con día durante las horas de sueño dejando un claro mensaje de ayuda de parte de las personas que ya no se encuentran en este mundo.

Se cree que las energías, benignas o malignas que habitan el camposanto son capaces de adherirse a las personas con un aura gris o deprimida, lo que los convierte en una baliza para los entes de otros planos para llevar su mensaje de ayuda a quien lo pueda apoyar.

Estos terrores nocturnos sólo terminan cuando la persona a la que el espectro ha decidido adherirse por fin se da cuenta de que su destino es ayudar al alma en pena a cumplir su misión inconclusa. Solamente al término de la encomienda es que el espíritu puede partir con tranquilidad al otro mundo y la persona puede sentirse liberada y regresar a su vida cotidiana.

Si se visita el Panteón de Belén, ya sea de día o de noche, se debe considerar llevar alguna protección de cualquier tipo, ya sea un rosario, un escapulario o cualquier accesorio bendito de su conveniencia, para que ningún alma en pena decida terminar sus asuntos en este mundo a través de nosotros.

Fobia a la oscuridad

La familia Torres Altamirano tenía todo lo que la gente podría desear: dinero, poder, reconocimiento y salud, pero había algo que deseaban con todo su corazón y que Dios no les había concedido, pues no tenían la dicha de tener un hijo. A mediados del mes de mayo de 1881, la señora empezó a tener contracciones, por lo que se dirigieron con un partero para comenzar con el nacimiento del bebé.

Durante la noche del día 24 de mayo de 1881 tuvieron la bendición de que llegara un varón a su vida. Sin embargo, el médico se horrorizó al ver tan extraña situación, pues al nacer el niño todos los presentes quedaron escandalizados. El padre que esperaba afuera de la habitación para conocer las noticias del alumbramiento escuchó los gritos de los presentes y rápidamente se dirigió a la puerta para conocer qué era lo que estaba pasando. El médico llevó al señor Torres a una habitación contigua y le mostró al bebé que había llegado al mundo, pero le indicó que no podía permitir que una criatura infernal viniera a este mundo.

El hombre no comprendía lo que estaba pasando y agredió al médico por sus palabras. En este ajetreo, las veladoras se apagaron por las corrientes de aire que ambos hombres generaron durante su bronca, mostrando al padre del recién nacido la situación que aterrorizó a los parteros, ya que el niño tenía fobia a la oscuridad.

Pasaron los días y los padres vieron que el niño sobreviviría, por lo que decidieron bautizarlo como Ignacio. La única situación para que el niño permaneciera bajo control de su pavor era que siempre estuviera rodeado de alguna fuente de luz que impidiera que la oscuridad se hiciera presente. Dada esta extraña condición en un bebé, los padres mandaron a uno de sus trabajadores a hacer guardia todas las noches en la habitación de Ignacio, asegurándose que todas las velas que ponían alrededor de la cama del infante permanecieran encendidas en todo momento hasta que el sol llenara con sus rayos el interior de la habitación.

Noche tras noche, el velador cumplía con su labor. Esto cambió el día de 24 de mayo de 1882, exactamente un año después de que "Nachito" viniera al mundo, ya que el hombre que debía vigilar que las velas permanecieran prendidas decidió dar un paseo nocturno para despejarse. Aquel velador salió de la habitación para recorrer la propiedad a la luz de la luna sin esperar que un fuerte viento comenzó a soplar. Las ventanas de la habitación de Nachito se abrieron y la ráfaga de aire apagó las velas que protegían al niño de su fobia.

Los gritos de pavor del infante fueron oídos por sus padres, los cuales salieron corriendo de su habitación en dirección de donde se encontraba su hijo, llegando al momento de atestiguar un paro cardíaco que sufrió el pequeño a consecuencia del susto, motivo que le arrebató la vida el mismo día de su primer cumpleaños.

Los señores Torres Altamirano estaban devastados por haber perdido a su único hijo. Realizaron los preparativos para el funeral y compraron un espacio en el Panteón de Belén, cerca de la entrada para que su hijo pudiera descansar en paz. El entierro se llevó a cabo según lo previsto, pero la leyenda de Nachito apenas comenzaba.

Ese mismo día en la noche, el velador estaba por terminar su rondín por el cementerio y se dirigía a sus aposentos, los que son ocupados hoy en día por la oficina de la administración del panteón. Cansado y dispuesto a dormir, el velador vio que el ataúd del pequeño Nachito se encontraba afuera, cosa extraña, ya que ese mismo día había sido enterrado por el sepulturero.

Viendo la escena, el hombre decidió ir por sus herramientas para regresar la caja donde se encontraban los restos del pequeño para depositarla en la tierra, pues pensó que quizá el sepulturero se había olvidado de su trabajo, dejando inconclusa la tarea. Al día siguiente, nuevamente durante su último rondín, el hombre se percató que el ataúd del bebé se encontraba fuera de su sitio, sobre la tierra y a la intemperie bajo la luz de la luna. Esto le pareció que se trataba de una broma de mal gusto, así que fue por sus herramientas y nuevamente regresó la caja a la tierra, asegurándose de que el hoyo se encontrara perfectamente cubierto para que no volviera a ocurrir el suceso.

La tercera noche sucedió lo mismo y molesto al concluir la tarea, el velador se dispuso a encarar al sepulturero al día siguiente para reclamar por desenterrar al pequeño Nachito. La luz del sol llegó y el velador se enfrentó a su compañero para exigir una respuesta por los hechos, pero este negó estar implicado en el evento. A pesar de esto, día con día durante 10 noches seguidas se presentó la misma situación. Cansado y molesto, el velador expuso los sucesos que pasaban en la tumba del infante al administrador del Panteón de

Belén. Teniendo dicho antecedente, el funcionario decidió ponerse en contacto con los padres de Ignacio, ya que ellos eran dueños de la propiedad y decidirían qué hacer.

El administrador contó a los señores Torres Altamirano respecto a lo que ocurría con la tumba de su hijo, motivo por el cual la madre rompió en llanto, debido a que recordó que su bebé tenía fobia a la oscuridad. Dada la explicación, los señores y la administración del cementerio acordaron realizar unas adecuaciones a la tumba de Nachito, permitiendo que sus restos fueran depositados en un sarcófago de piedra que se mantendría por fuera de la tumba, acompañado de cuatro pilares colocados alrededor de la misma. En cada uno de estos pilares se decidió que se pondrían antorchas para que el velador pudiera prenderlas todas las noches para evitar que el pequeño Nachito sufriera por su fobia a la oscuridad y, a la par de la luz de luna y las estrellas, pudiera descansar en paz.

Con el paso de los años, la historia se hizo popular entre los tapatíos, por lo que la gente comenzó a frecuentar y visitar la tumba de Nachito para dejarle algún obsequio. Según la tradición, se cree que gracias a los objetos que son dejados en la cripta, el niño Ignacio se entretiene y así no realiza travesuras a las personas que acuden al Panteón de Belén. Esta leyenda convirtió a la tumba de Nachito en la más visitada y una de las más famosas del cementerio, por lo que hoy en día es habitual ver la estructura cubierta de dulces, juguetes y regalos en ofrenda al pequeño ser cuya fobia a la oscuridad le arrebató su existencia.

Cada vez que los visitantes escuchan la historia de Ignacio Torres Altamirano se asustan por el terrible suceso, pero se apiadan de que el infante perdiera la vida tan trágicamente. A pesar de esto, hay quien asegura haber sido acompañado durante su recorrido en el cementerio por Nachito, e incluso niños del Hospital Civil y la torre de especialidades contiguos al camposanto que afirman haber jugado con un niño pequeño, de ropa de manta blanca y descalzo que vagaba durante su estancia en espera de su recuperación.

Sin dudas, un enigmático relato que nos recuerda que los temores personales son capaces de arrebatarnos de manera inmediata la vida si no estamos preparados para afrontarlos. Si se desea visitar la tumba de Nachito, únicamente es necesario ingresar al camposanto. Enseguida, a mano derecha se verá la tétrica estructura con el cajón de fuera, acompañada de una gran cantidad de obsequios en ofrenda al infante. En este espacio es recomendable dejar un dulce, un regalo o un juguete como tributo al niño que tenía fobia a la oscuridad. Se desaconseja totalmente sustraer o si quiera tocar cualquiera de estos objetos o el niño intentará recuperarlos a toda costa durante nuestra visita al Panteón de Belén y nos asustará durante nuestro recorrido.

Imágenes del más allá

El Panteón de Belén es un lugar muy recurrente para los paseantes y visitantes a la ciudad de Guadalajara, pues su magnífica belleza hecha por el hombre da fiel testigo de un tiempo ya pasado.

Desde que se permitió la entrada de gente para realizar recorridos y conocer la historia del cementerio, numerosos visitantes han tenido la curiosidad de tomar fotografías o grabar videos a manera de recuerdo durante su visita, sin imaginar que al revelarlas u observarlas de forma digital, serían testigos de imágenes del más allá.

Con cada avance tecnológico que experimenta la humanidad, ecos del pasado han aparecido como nuevas evidencias de que la muerte no es el final de la existencia. En foros de Internet, redes sociales, videos y recuerdos por parte de las personas que han visitado el Panteón de Belén se encuentran una gran cantidad de manifestaciones paranormales que no cuenta con ninguna explicación.

Pareciera como si los inquilinos del camposanto buscaran transmitir un mensaje a los visitantes por medio de sus caras, reflejos y sombras y que sólo es observable por medios electrónicos.

Si se visita el Panteón de Belén se aconseja realizar una captura de fotografías y videos sin morbo a encontrar lo desconocido, puede que el paseante sea el siguiente testigo de una aparición extra normal que le helará la sangre al momento de revisar el contenido digital de su recorrido.

El señor de los perros

Dentro del Panteón de Belén existe una cripta poco conocida y casi nunca visitada a la cual se le conoce como la tumba del señor de los perros. Cuenta la leyenda que se trataba de un hombre de amplia solvencia económica que nunca pudo tener hijos. Por más que intentó tener descendientes, nunca tuvo la bendición de Dios.

Frustrado por los designios del creador y sintiendo que pronto le llegaría su hora, el viejo se dedicó a recoger y cuidar a perros de la calle que llegaban a la puerta de su hogar buscando comida y protección. Con el tiempo, el hombre fue ganando más afecto hacia sus compañeros, a quienes dejó de considerarlos como mascotas y los comenzó a tratar como hijos, siendo correspondido el amor de los animales para con este.

Pasados los años, el anciano falleció sin que nadie lo notara, pues vivía solo en su casona y nadie lo frecuentaba. Su único contacto humano era con los viejos con los que solía jugar a las cartas en una cantina del centro de la ciudad. Se dice que el mismo día en el que encontraron el cuerpo del anciano, éste se presentó en el lugar como acostumbraba acompañado de un par de sus perros y realizó una serie de juegos con sus amigos. Al término del pasatiempo, el cansado hombre se despidió de sus compañeros de cartas y les aseguró que pronto se volverían a ver. Luego, se levantó de la mesa y lentamente se desvaneció en el aire, causando el llanto de los perros y alboroto de los presentes.

Gracias a esta aparición y el incesante aullido de los perros, los vecinos decidieron entrar a la casa para corroborar si el anciano se encontraba bien, pero fue en vano, ya que encontraron su cadáver recostado sobre su cama, en completa paz y acompañado de varios de sus fieles amigos.

Al viejo hombre lo enterraron en el Panteón de Belén como fue su designio en su mortaja. Lejos de las tumbas más frecuentadas del cementerio descansan los restos de Don Eleuterio, hombre a quienes los visitantes y vecinos del Panteón han asegurado haber observado vestido de un impecable traje negro, bastón y sombrero de copa, en compañía de sus perros. A su vez, cuenta la leyenda que, si uno acerca la oreja y oye atentamente en la tumba del anciano, podrá escuchar los aullidos de los animales por el dolor de haber perdido al hombre que tanto los amó.

Sustos en el hospital

En el Hospital Civil viejo de Guadalajara, antiguo Hospital Real de San Miguel de Belén y en la torre de especialidades se cuentan infinidad de historias de sustos por parte de espíritus, donde la verdad y la fantasía se unen en un entorno cargado de dolor. Aquí, al igual que en otros nosocomios, la vida y la muerte se tocan, por lo que es común escuchar historias de personas que provienen del más allá y de otras energías que habitan desde hace tiempo en estos lugares, incluso en los que actualmente siguen en funcionamiento.

Al platicar con cualquier persona que trabaja en el hospital y la torre de especialidades, así como los familiares y pacientes que han sufrido alguna enfermedad dentro de los muros del complejo, inmediatamente brotarán todas las historias que tienen para contar sobre los sucesos paranormales que ahí ocurren, desde risas, pasos, sonidos, luces, sombras, objetos fuera de lugar o que se mueven a la vista de todos, sensaciones y haber sentido que alguien los toca sin que nadie se encuentre alrededor.

Entre estos relatos destaca uno por lo perturbador de la fuerza fantasmagórica que ahí se manifiesta, debido a que pervirtió el alma de una criatura inocente y la convirtió en un recipiente de maldad que asusta a los que trabajan, transitan y sufren dentro del Hospital Civil viejo.

Se cuenta que durante los años 40 del siglo XX una mujer cayó en desgracia por padecer un fuerte dolor en el abdomen, el cual los doctores diagnosticaron como pancreatitis. El dolor fue tan intenso y la mujer fue diagnosticada demasiado tarde, por lo que los dolores no pudieron hacer nada por la pobre, lo cual provocó su fallecimiento en una de las camas del hospital. La niña pudo observar a su madre ingresar al nosocomio, pero jamás la pudo ver salir, no tuvo la oportunidad de despedirse de ella.

Al igual que la madre que partió de este mundo, se dice que la criatura jamás abandonó el complejo del hospital, nunca más volvió a ser vista hasta que misteriosos sucesos que involucraban a una niña con su descripción comenzaron a ocurrir. Risas de niños, sonidos de juguetes, pasos pequeños que se pierden en la nada, objetos que cambian de posición y tirones en la ropa fueron el preludio a que la sombra de la niña comenzara a materializarse en los pasillos del nosocomio. Al principio, las personas con las que tenía contacto no prestaron mayor atención, ya que estaban acostumbrados a las manifestaciones paranormales que abundan en el hospital. Sin embargo, los eventos comenzaron a subir de tono, hasta que los afectados notaron que ya no se trataba de la niña inocente que jugaba en el hospital, sino que algo terrible había corrompido su alma.

Las pequeñas manifestaciones fueron sustituidas por apariciones tétricas que provocaron una gran cantidad de sustos en el hospital, tanto al personal de la salud como a familiares de enfermos y convalecientes. Se narra que la niña es vista a menudo deambular sin rumbo por los pasillos oscuros, emitiendo tétricos ruidos que espantan a los valientes y causando problemas cardíacos a varios de los hospitalizados, reclamando para ella sus almas. Los que la han visto caminar frente a ellos afirman sentirse vacíos y con un frío espectral. Los que la han escuchado reír juran haber escuchado lo más siniestro que han oído en sus vidas. Los que han tenido la desgracia de haber sido tocados por ella narran que suele visitarlos durante las noches para aterrorizarlos en pesadillas durante toda su estancia en el hospital.

No se sabe ni se sabrá jamás quién fue esta niña y cuál fue su destino. Lo que sí se sabe es que el espíritu de la misma fue absorbido por alguna entidad que aprovechó su momento de duelo para unirse a ella y no permitirle partir a otros planos existenciales. Quizá, éste ente llegó a la desprevenida niña por medio de los pacientes que fueron atendidos a lo largo de los siglos en el nosocomio o que fueron enterradas en el Panteón de Belén y cuyas almas estaban tan marchitas que jamás encontrarían la paz. Tal vez, la maldad de su espíritu provino de alguna de los miles de personas enterradas en las fosas comunes excavadas durante el tiempo alrededor del complejo de San Miguel de Belén o a lo mejor llegó a ella por la maldad que se ha hecho presente en las paredes del exterior por décadas de incontable sufrimiento. Puede ser que el espíritu de la niña del hospital siga vagando por la eternidad y asustando a incautos, pero ten cuidado, porque puede ser que la siguiente alma que reclame sea la tuya.

¿Me puedes buscar?

Hablar de historias de fantasmas y entes que rondan a los enfermos, familiares y personal de la salud dentro de los hospitales de todo el mundo sin duda es un tema ideal para toda noche de terror junto a una fogata, esperando provocar que todos los presentes sientan la misma euforia que vivimos al presenciar nuestra macabra anécdota.

Esta historia se desarrolló a mediados del siglo XX, concretamente en los años 70, cuando una mujer conocida como Laura padecía de su enfermedad en el antiguo Hospital Civil.

Laura estaba internada en el nosocomio por un problema menor. Su médico de cabecera había ordenado que mantendría reposo ahí durante un par de días, para asegurarse de que su salud mejorara de manera correcta. Laura esperaba pacientemente recostada en su cama, cuya ventana sobre su cabeza otorgaba una privilegiada vista al Panteón de Belén. La mujer no sentía temor de encontrarse internada, pues cientos de personas deambulaban en la sala, entre doctores, enfermeras, camilleros, religiosos y samaritanos de gran corazón que visitan a los convalecientes para animar sus estancias. La historia cambiaba cuando el sol se postraba, pues Laura sentía que algo la acechaba desde las sombras.

Era la última noche de su convalecencia y la mujer esperaba con ansias salir para reunirse con su familia y continuar con sus tratamientos en casa. Las luces se habían apagado y el silencio era abrumador, únicamente se escuchaba un tosido ocasional de alguno de los otros enfermos que compartían la sala con la mujer. Laura cerró los ojos y entró en letargo, sus sedantes hacían efecto y su cuerpo se recuperaba lentamente por las medicinas que el médico había recetado.

De repente, un extraño sonido la despertó, algo que no había escuchado en toda su estancia en el hospital. Abrió rápidamente los ojos y se incorporó para observar a su alrededor. Todos los demás pacientes se encontraban dormidos, ninguna enfermera o religiosa se encontraba en la sala. Laura sentía que algo la observaba, el miedo comenzaba a jugarle una tétrica pasada.

Unos cuantos segundos de su búsqueda visual fueron suficientes para que la fémina se volviera a acostar, convenciéndose de que había sido su imaginación. La mujer intentó recuperar su sueño cuando nuevamente fue interrumpido por el mismo sonido, pues algo chocaba contra un objeto cercano. Extrañada por lo sucedido, Laura se asomó debajo de su cama, pues quizá los doctores habían dejado algún aparato que chocara contra los pies de la misma para producir el sonido, pero la búsqueda fue infructuosa, no había nada que emitiera el sonido.

Temerosa, Laura se volvió a recostar, pero manteniendo los ojos bien abiertos para encontrar rápidamente la fuente del sonido antes de que desapareciera, un grave error que la perseguiría de por vida, pues por tercera vez se volvió a presentar. Fuera de cualquier lógica, se volvió a escuchar el sonido, por lo que Laura comprendió al fin de que éste se encontraba justo detrás de ella. Sin miramientos, giró su cuerpo para observar qué sucedía y lo que observó la persiguió hasta el final de sus días, ya que una mujer con la piel desgarrada y con costras en la cara, con el cabello tieso por tierra, con una sonrisa espectral y con una voz fuerte y retumbante tocaba al vidrio con una de sus manos ampolladas le preguntó: ¿Me puedes buscar?

Laura gritó con todas sus fuerzas mientras la mujer seguía golpeando el cristal con su mano. Inmediatamente, los demás enfermos se despertaron y el personal del turno nocturno entró corriendo en la sala para tranquilizarla, logrando calmar los gritos de la mujer tras unos minutos y varios sedantes. La mujer contó lo que vio, pero nadie observó nada, incluso al sacar la cabeza por la ventana. Todo el mundo la tachó de loca por su aterradora experiencia y aludieron al evento a que se encontraba tensa por la enfermedad que la aquejaba en combinación con los fármacos que le estaban recetando.

Esa sonrisa de la mujer detrás de la ventana jamás se le olvidó a Laura, pues la pobre contó el relato hasta el último día de su vida, con muy pocos escuchas creyendo su tétrica vivencia. Por ello, se recomienda no prestar atención a los ruidos nocturnos que se escuchan en el Hospital Civil viejo y encomendarse inmediatamente a nuestro dios, pues no se sabe cuándo serán emitidos por algo dentro de nuestra imaginación y cuándo se trate de algún espectro que vaga en este mundo intentando ser encontrado.

Presente en su funeral

El siguiente relato nació en la última época de funcionamiento del Panteón de Belén como camposanto. Su protagonista, un joven de temprana edad y cuyo nombre se cree que era Patricio, el cual asistió a un velorio de un personaje importante de la época quien era despedido en la capilla central del cementerio y enterrado en la antigua rotonda de los hombres ilustres.

Como dictaban los cánones de la época, todos los integrantes de la familia asistían a los sepelios acompañados de primos, amigos y parientes políticos. De esta forma, se daban cita en los entierros personas que no tenían ningún lazo con los dolientes ni con los fallecidos, ya que se tenía la creencia de que la persona era más importante si mucha gente asistía a los funerales y por ello, a pesar de las estrictas normas de conducta de la sociedad de antaño, había personas que no sabían comportarse en tan solemnes actos.

Este fue el caso de Patricio, su edad oscilaba entre los 8 y los 15 años. Su temperamento juvenil hacía imposible que éste se concentrase en alguna actividad en concreto y se volviera irrespetuoso con aquello que no le llamara mínimamente la atención.

Patricio se encontraba en primera fila, observaba al hombre que yacía inerte sobre la estructura de concreto sólido, vestido de frac y sombrero de copa. Los lamentos de la familia y los berridos de las lloronas sólo hacían que el adolescente se disgustara más con estar presente en el funeral. Es por ello que, en medio de la misa que se llevaba a cabo para despedir al hombre, Patricio se tiró al suelo y comenzó a gritar que no quería estar ahí.

La misa fue interrumpida por el sacerdote que la oficiaba, pidiendo al padre de Patricio que detuviera al joven para poder proseguir. El padre acató la orden y reprendió a Patricio, de manera que la ceremonia pudiera continuar. Al paso de los minutos y al ver que la trata había funcionado, el adolescente realizó la misma acción. Esta vez, todos los presentes se disgustaron con la familia. El padre de Patricio se encontraba sumamente avergonzado con los consanguíneos del difunto y todos los presentes. Nuevamente reprendió al joven y le advirtió que, a la siguiente ocasión, lo sacaría del cementerio y lo dejaría afuera, en la calle, para que algún extraño se lo llevase.

Al paso de los minutos, Patricio comenzó su berrinche por tercera ocasión. El padre de Patricio, sin mediar palabra, levantó a su hijo del brazo y le dio una fuerte nalgada frente a todos los presentes. Apenado, lo llevó de la oreja bajando por las escalinatas de la capilla. A unos pasos de bajar, uno de los hombres que se encontraba parado sobre las escaleras y de edad avanzada se le acercó a la pareja y le dijo al oído al joven: "Disfruta de la compañía de tu padre, pues yo estaré presente en su funeral". El progenitor de Patricio no escuchó esta amenaza y sacó al adolescente del camposanto, dejándolo en la calle y regresando para cumplir con sus deberes.

Los años pasaron, Patricio creció y se convirtió en un hombre de negocios al hacerse cargo de administrar los bienes y propiedades de la familia, olvidando poco a poco las palabras de aquel hombre. Ocasionalmente contaba la historia del velorio a sus familiares y amigos como si se tratara de un triunfo. La madurez llegó a Patricio y se convirtió en un hombre de bien, sus nuevas responsabilidades hicieron que éste se olvidase por completo de las palabras de aquel misterioso sujeto y se concentrase en atender a su parentela. Sin embargo, la crisis económica de los años 20 y principios de los 30 del siglo XXI golpearon fuertemente las finanzas de la familia del ahora hombre y su padre, el cual falleció de un infarto al corazón tras ver mermado todo el trabajo de una vida y de generaciones pasadas.

Los preparativos se llevaron a cabo para realizar el sepelio del anciano, Patricio supervisaba los arreglos, decidiendo velar a su padre en el templo del expiatorio y trasladar el cuerpo a su descanso eterno en el Panteón de Mezquitán. Los asistentes comenzaron a llegar a la cita. Patricio recibía a todos aquellos que se dieron el tiempo de presentar sus respetos para su padre y su familia. Con lágrimas en los ojos, agradeció a cada uno por tan generosas condolencias.

La misa comenzó, todo transcurría con normalidad, entre lágrimas y un tosido ocasional. Los llantos se escuchaban en el fondo y la gente permanecía solemne escuchando las palabras del sacerdote.

De repente y sin aviso alguno, un hombre que se encontraba cercano al altar se tiró al suelo y comenzó a llorar. Sus quejas, gritos y pataleos no pasaron desapercibidos para todos los presentes y el sacerdote tuvo que detener su palabra. Al cabo de unos segundos, este se detuvo y se incorporó. Patricio lo miró extrañado y no recordó haberlo recibido en la celebración eucarística. La misa continuó y nuevamente, el extraño hombre repitió su acto, esta vez con más intensidad. La gente comenzó a exclamar que se detuviera, que mostrara respeto ante la ocasión. Al paso de unos segundos, el hombre se puso de pie nuevamente y la misa se reanudó. La sorpresa fue mayúscula para los asistentes a la misa, pues por tercera ocasión el hombre vestido de frac y sombrero de copa se tiró nuevamente al suelo e hizo berrinche, como si no se quisiera encontrar ahí.

Patricio, como el nuevo jefe de su familia, se acercó molesto al hombre para reclamarle por su insensatez y falta de respeto hacia su padre, se colocó a un lado y se recogió el pantalón para poder agacharse. El hombre extendió su brazo en señal de solicitar a Patricio su ayuda para levantarse. Patricio, acercó el brazo y al ayudarlo a incorporarse, el hombre se aproximó a su oído y le dijo: "Disfruta de la compañía de tu padre, pues yo estaré presente en su funeral". En ese momento, Patricio se remontó a aquellos años de su infancia cuando asistió al velorio en el Panteón de Belén y recordó esa amenaza. No era posible, pues aquel hombre que se le acercó debería haber fallecido muchos años atrás.

Contaron los asistentes al velorio que el protagonista de la historia realizó un grito que estremeció a todos los presentes, que incluso se escuchó afuera de las paredes del templo del expiatorio. Patricio no podía creerlo y, llevándose las manos a la cabeza, cayó rendido en el suelo. Nadie le pudo hacer entrar en razón y se desvaneció, cayendo en coma. Las personas que fueron testigos de tal acontecimiento afirman que Patricio duró semanas sin poder despertar, pero, cuando finalmente lo hizo, éste se encontraba fuera de sí y completamente loco.

Nada se supo de aquel misterioso hombre ni de Patricio, probablemente muriendo en la miseria tras su locura. La familia continuó y superó la pérdida de ambos patriarcas, tratando de ocultar para siempre la bochornosa anécdota que vivió la familia frente a la sociedad que tanto buscaban agradar.

Lo más valioso de un hombre es su palabra y esta leyenda enseña a siempre tener respeto por todas las actividades que realizamos y aquellas que son de otros individuos, en especial con las que involucren el fallecimiento de cualquier persona, pues nunca sabemos cuándo un ente de otros planos existenciales regresará a cumplir sus promesas.

El enfermero
Relato retomado de Leonardo Reichel Urroz

Agripina era una mujer de escasa sonrisa y de mirada triste, pues su carácter ocultaba un devastador secreto: el cáncer la consumía por dentro. La noticia la tomó por sorpresa y sin oportunidad de reaccionar, su esposo acababa de abandonarla a su suerte con tres hijos pequeños. Sola y sin dinero, se dedicó a su trabajo para sacar adelante a su familia, sus ocupaciones eran lo único que le distraía del trágico final que la aguardaba. Su terrible enfermedad avanzaba y ella no encontraba la manera de decirle a sus hijos sobre su padecimiento, sus pensamientos la orillaban a encontrar alivio en la religión mientras sus dolores no hacían más que empeorar.

Con poco dinero para afrontar su enfermedad, Agripina debía dar largas caminatas por la ciudad para ahorrar lo más posible en camiones. Una de estas caminatas la llevó a pasear por la avenida Alcalde. A lo lejos, vio el portón del Panteón de Belén abierto. Sintiendo curiosidad y deseo de olvidarse de sus problemas por unos minutos, la mujer se introdujo en el cementerio.

Paseó brevemente por el corredor hacia su izquierda, sus pensamientos la llevaban a sentir que pronto se encontraría junto con las demás personas que descansaban en ese camposanto. Su sufrimiento estaba pronto a terminar, pero, ¿qué sería de sus pobres huérfanos? Su imaginación se detuvo abruptamente al momento de escuchar una vigorosa voz que la llamó desde su espalda.

- ¡Señora! - exclamó una masculina voz con un marcado acento extranjero. - ¿Sabe que no debe andar deambulando en un cementerio?

Agripina giró su cuerpo para ver de quién se trataba. Al observar al hombre que la había llamado, notó que se trataba de un alto y rubio personaje, con abundante barba, vestido con una impecable túnica blanca y no mayor a sus 30 años.

- ¡Las 12! - tartamudeó Agripina, asustada por la inesperada visita. - Usted no es de aquí, ¿verdad? - preguntó la mujer.
- Así es. - respondió el hombre. - Soy de Estados Unidos, aunque llevo un tiempo radicado en esta bella ciudad.

Agripina sonrió a su amigable y extraño interlocutor, pues parecía denotar una gran paz, carisma y sinceridad en sus ojos.

- ¿Usted es doctor? - preguntó Agripina.

- No, soy enfermero, trabajo en la Clínica de la Misión Adventista del Séptimo Día. - Respondió el hombre. - pero, ¿no le da miedo andar paseando en este cementerio? Dicen que ahí enterraron a un vampiro y que por aquel lado se aparece el diablo.

Agripina recordó dónde se encontraba, pues era completamente cierto, se encontraba paseando sola por un camposanto, no eran horas apropiadas para visitar tan macabro lugar y no tenía ningún asunto por hacer ahí.

- Realmente no. - contestó segura de sí Agripina. - me siento con calma en este momento, como si el ambiente del lugar me hubiera traído paz.

La mujer extendió la mano al caballero y se presentó. Éste le dijo que su nombre era Archibald Rice. Su piel se sentía fría pero la bondad en sus ojos no asustaba a Agripina, por el contrario, sentía paz y tranquilidad.

- Dígame Agripina, ¿qué hace una mujer sola por estos rumbos? - preguntó el estadounidense.
- Vengo de ver al médico. - contestó la mujer con una voz cansada y triste. - me acaban de entregar mis resultados y creo que pronto me encontraré en un lugar como este.

Archibald se llevó la mano a la barbilla, como si se peinara su barba, la observó durante unos segundos. Sin decir más, el extranjero tomó su mano y ofreció su ayuda para que encontrara consuelo y alivio. Pasados unos segundos de extrema paz, la acompañó a la puerta del camposanto prometiendo que todo estaría bien, que la situación pronto mejoraría.

Durante el trayecto a la puerta, Archibald contó a Agripina que él había viajado desde el pueblo de Salem, en Estados Unidos para ayudar a los más desfavorecidos, como parte de un mandato familiar, pues su tatarabuela, llamada Sara Rice había sido juzgada a sus 80 años de edad por brujería y siendo condenada a la horca. Sin embargo, la mujer de amplia fe confió en encontrar alivio en Dios y se puso en sus manos. Milagrosamente y contra toda adversidad, la anciana fue puesta en libertad de último minuto, para que pasara su tiempo restante de vida en compañía de sus familiares. Por esa situación, su descendencia tomó como voto el ayudar a los afligidos del mundo para agradecer a Dios por su benevolencia.

Agripina escuchó atentamente la historia y soltó una lágrima al sentirse acompañada, no tenía nadie más a quién contar sus penas y se vio reflejada en la historia de la familia Rice. Un desconocido la había hecho olvidar por completo todos sus problemas, de su enfermedad y sus dolores. Por esos minutos, Agripina había recuperado la paz.

La mujer agradeció a Archibald por haberla escuchado y se retiró del cementerio para proseguir su caminata hacia la catedral para pedir a Dios por sus futuros huérfanos, para que su bondad y misericordia los acompañara durante toda la vida.

Esa misma noche, Agripina no pudo dormir, solamente rodaba en su cama, los temores la hacían sudar, pues no hay peor miedo para una madre que dejar solos en este mundo a sus criaturas. Al día siguiente, Agripina debía presentarse en el hospital Ayala para llevar a cabo su análisis para conocer el estado de avance de su cáncer. Bendita sea la providencia, pues los doctores se llamaban unos entre otros incesantemente para conocer este caso. Agripina se encontraba recostada en la cama en la cual le habían hecho el estudio, extrañada de ver un desfile de doctores que se atiborraban alrededor de ella para observar la situación.

Temerosa del estado de la enfermedad, Agripina rompió en llanto. Uno de los médicos se acercó y tomó su mano. Temiendo lo peor, la mujer únicamente giró su cabeza para observar a los ojos al doctor.

- Señora, no tenemos explicación para esto. - dijo el doctor en estado de shock. - es que, usted se encuentra totalmente libre de cáncer.

Agripina no podía creer lo que acababa de escuchar. Preguntó al doctor si había escuchado bien, pues no estaba para juegos con su enfermedad. Otros médicos se acercaron a la señora para felicitarla por haber superado milagrosamente su malestar. Nadie daba crédito a lo que acababa de ocurrir, eran testigos de un milagro. Los doctores acompañaron a Agripina para que se retirara del hospital Ayala, mientras que la solamente tenía en mente agradecer a dios por su bondad.

Llena de júbilo, Agripina caminó con lágrimas de felicidad en su rostro por la avenida Tolsá, para dar vuelta en la calle General Eulogio Parra estando absorta en sus pensamientos de felicidad. Además de agradecer a Dios por su milagro, quería tomarse un momento para agradecer a Archibald por escucharla y para contarle la buena nueva. La caminata la llevó nuevamente al Panteón de Belén, cuyo portón se encontraba abierto. Entró con la esperanza de hallar a su amigo, pues su túnica blanca debía reflejarse entre el gris de las lápidas del cementerio.

Buscó durante minutos, pero no encontraba al misterioso enfermero que la había apoyado durante su sufrimiento. Sentía desesperanza de no volver a saber nunca más de él. Al darse por rendida y notar que se encontraba justo en el lugar en el que lo había conocido, alzó la mirada para que sus ojos observaran un epitafio que yacía frente a ella y cuyo grabado narra: Archibald J. Rice, born at Salem (Mass) Died nov. 7, 1895.

La muerte no es el final

Durante este recorrido literario hemos transitado por el Panteón de Belén, por sus pasillos, por sus leyendas, por sus anécdotas, vivencias y hemos vivido dentro de sus historias. El recorrido no termina aquí, sino que apenas comienza. Ahora te corresponde vivir tu propia aventura dentro de las paredes del Panteón de Belén, Hospital Civil viejo, torre de especialidades, jardín botánico e Instituto Jalisciense de Ciencias Forenses.

Visita estos espacios y vive tus propias experiencias. Deja que la magia del lugar de encante por su belleza arquitectónica, por sus historias, por sus leyendas y por la atmósfera que te remontará a épocas antiguas de la nuestra, aprendamos que el pasado aún vive en nuestros tiempos.

Esta vivencia narrativa nos deja de manifiesto que la muerte no es el final y que pueden existir otros planos astrales donde el mundo de los vivos y de los ya fallecidos se entrelacen en lugares de alta carga energética como el que acabamos de conocer. Acude a los recorridos del Panteón de Belén por tu cuenta o acompañado y permite que te enamores de su fascinante aura. Presenta tus respetos a los que yacen ahí enterrados y conoce sus historias, pero ten cuidado durante tu recorrido o tu alma podría convertirse en la siguiente en deambular dentro de sus muros.

ACERCA DEL AUTOR

David Eduardo Macías Torres nació el 15 de agosto de 1992 en Guadalajara, Jalisco, México. Es Licenciado en Estudios Políticos y Gobierno y Maestro en Gestión de Servicios Públicos en Ambientes Virtuales, ambos estudios por la Universidad de Guadalajara. También, es dueño de Chonkys Obleas de Amaranto y cuenta con su propia marca de Tequila llamada Montenegro.

Made in the USA
Monee, IL
12 July 2024

50a6ea74-21cf-41c5-a718-e4711b7469c6R01